novum pro

Zombie A. Hamadryad

Bittersüßer Nachtschatten
Notturno

novum pro

www.novumverlag.com

Bibliografische Information
der Deutschen Nationalbibliothek:

Die Deutsche Nationalbibliothek
verzeichnet diese Publikation in
der Deutschen Nationalbibliografie.
Detaillierte bibliografische Daten
sind im Internet über
http://www.d-nb.de abrufbar.

Alle Rechte der Verbreitung,
auch durch Film, Funk und Fernsehen,
fotomechanische Wiedergabe,
Tonträger, elektronische Datenträger
und auszugsweisen Nachdruck,
sind vorbehalten.

© 2021 novum Verlag

ISBN 978-3-99107-503-5
Lektorat: Mag. Angelika Mählich
Umschlagfotos: Irina Kharchenko,
GBArtStudio | Dreamstime.com
Umschlaggestaltung, Layout & Satz:
novum Verlag
Autorenfoto: © Monika Triska-Schaudy 2018

Gedruckt in der Europäischen Union
auf umweltfreundlichem, chlor- und
säurefrei gebleichtem Papier.

www.novumverlag.com

PROLOG

Die Welt war acht Quadratmeter groß. Sie bestand aus einem Boden aus roh behauenen, alten Holzbalken, auf denen zu gehen und zu sitzen schmerzhaft war, aus denen sich lange Splitter lösten und die Haut durchbohrten, die nur langsam und qualvoll vom Körper ausgetrieben werden konnten. Die Welt war auch die grob verputzten Steinwände, die das Quadrat des Bodens an drei Seiten umschlossen. Sie waren kalt und feucht, der dicke Verputz bröckelte, war von zahllosen Rissen durchzogen, graue Steinquader zeigten sich zwischen vergilbten Wasserflecken. Die vierte Wand war wie der Boden aus dicken, unregelmäßigen Holzbalken, ebenso die ferne Decke des Raumes. Die Holzwand war von großer Bedeutung, denn einmal am Tag wurde eine Schüssel mit geschmacklosem Eintopf durch eine kleine Luke geschoben, wurde der Eimer gewechselt. Die Welt war Eintönigkeit, war Wände, Boden, Eimer, Höhepunkt: Essen. Die Welt war Stille, denn selten drang ein Geräusch herein. Einer bewohnte diese Welt. Er kauerte in der Ecke, er ging im Kreis, er kletterte an der Holzwand, er verschlang den Eintopf mit der Gier eines halbverhungerten Tieres, er benützte den Eimer, er suchte einen Weg aus der klaustrophob kleinen Welt. Er schaffte es bereits, die Holzwand zur Hälfte zu erklimmen, dort kam er nicht weiter, hielt Ausschau nach möglichen Routen, doch fehlte ihm die Kraft, den Anstieg zu wagen. Auch der stumpfsinnige Marathon im Kreis war selten. Zumeist saß er still in einer Ecke, die feuchte, kalte Steinwand drückte gegen eine seiner Schultern, die unebene Holzwand gegen die andere. Aus diesem Winkel starrte er gegen die Wand, die der aus Holz gegenüberlag, starrte hoch hinauf. Dort, knapp unter der Decke, befand sich ein Fenster. Es war vernagelt, doch durch die gleißend hellen Ritzen drang frische Luft in seine dunkle Welt. Die Intensität der einfallenden Lichtstrahlen zwang ihn oft, die Augen zu schließen, doch war es dieses Fenster, das ihn am Leben erhielt. Die Monotonie der Existenz, der Zyklus von Essen und Eimerentleerung, von schmerzend hellem und erträglichem Licht, von periodisch wiederkehrenden, dumpfen Kopfschmerzen, mit denen er aus zeitlos schwerem Schlaf erwachte, und die ein Gefühl der Sauberkeit begleitete – diese Wiederholung hätte ihn ohne das Fenster in gedankenlose Teilnahmslosigkeit gestürzt. So hatte er das Interesse an seiner Umwelt nicht verloren, hielt die lauernde Gleichgültigkeit durch Gedankenspielereien in Schach. Rätsel, die zu lösen lohnend wären, gab es genug. Zum Beispiel jene unnatürlichen Schlafphasen: Sein Haar war danach wie von selbst gekürzt, seine Bartstoppeln verschwunden, die Nägel geschnitten, er war gewaschen und neu eingekleidet. Er vermutete, dass ihn seine unbekannten Wärter mit einem Schlafmittel im geschmacklosen Brei betäubten, um ihn zu reinigen, er verstand nicht, warum sie es taten. Er wusste auch nicht, weshalb sie ihn hier hielten wie ein Tier. Vielleicht wollten sie wissen, wie lange es bis zu seinem Tod dauerte, wann er dem ewig Gleichen der Welt erlag. Genau das geschah nicht, konnte nicht geschehen. Die Eintönigkeit der düsteren Welt hatte seine wachen Sinne weiter geschärft. Seine Augen verfolgten jede Veränderung mit größter Aufmerksamkeit, Spinnen, Asseln und Fliegen, die sich hereinverirrten, wurden zu Sensationen und gaben Beobachtungsstoff für Tage. Einmal hatte sich ein Schmetterling in den Raum gewagt, seine bunten Schwingen waren einem Weltwunder gleichgekommen. Wäre er auf diese Lebewesen angewiesen gewesen, wäre er wahrscheinlich dem Wahnsinn erlegen, der in den immer gleichen Sprüngen und Löchern des Verputzes lauerte. Das Fenster bot aber noch etwas: Gerüche trieben auf dem Lufthauch einher, manchmal sogar Geräusche. Sie riefen Erinnerungen in ihm wach, Erinnerungen, so alt, dass sie vage und schemenhaft waren, sich auf Gefühle und einzelne Bilder beschränkten. Waren die Wellen fremder Luft eisig und gesättigt mit dem feinen Duft nach Schnee, Rauch und feuchtem Leder, nach Benzin und gefrorener Erde, so erinnerte er sich an wirbelnde, weiße Flocken, an weiche, helle Schneedecken auf flachen Hügeln und an das schwarz-weiße Kontrastspiel des Winterwaldes. Geräusche hallten dann durch seinen Kopf, fernes Heulen, das flüsternde Stapfen von Pferdehufen in tiefem Schnee, das Knarren von Leder, das helle Klingen von Schellen an Geschirren und Schlitten. Er sah eingesunkene Dächer, Rauchfänge, aus denen dunkle, herb riechende Schwaden aufstiegen, sah grauen Schnee auf Straßen, vom kalten Schein elektrischer Laternen beleuchtet, hörte Autos im Schneechaos schleudern, hupen … All diese Fülle von Bildern, alt, neu, jedenfalls vergangen und unwirklich, unerreichbar, durch einen kaum spürbaren Lufthauch hervorgerufen. War der Luftzug lau, trug er den Duft nach Staub, Blüten, frisch geschnittenem Gras und Hitze mit sich, so suchten ihn Visionen heim von hitzeflimmerndem Asphalt, Vorgärten im Schatten großer Bäume, blühenden Büschen, die unter ihrer Pracht beinahe brachen, von Lagerfeuern in sternenklaren Nächten, von Leben und Tod, von Tragödie und Komödie, die im Leben so nahe beisammen lagen, um ahnungslose Wesen zu überfallen, wie sie ihn überfallen hatten, vor Menschengedenken, vor einer Ewigkeit.

Sie hatten ihm aufgelauert, hatten ihn gefangen, wenige Tage nach dem Ende seiner Ruhephase. Er wusste nicht, woher sie von seinem Ruheort gewusst hatten, wie sie ihn gefunden und überwältigt hatten. Es war zu lange her. Seit Generationen hielten sie ihn gefangen, seit Jahrzehnten hatte sich nichts in seiner Welt geändert. Die Welt draußen war anders, das sagten ihm seine Nase, seine Ohren, seine Augen, die bis vor einem oder zwei Jahren mit jenen seiner Schwester gesehen hatten. Doch seine Schwester war gestorben, getötet von einem derer, die ihn gefangen hielten, und seitdem war er blind für die Ereignisse und Eigenheiten der neuen Welt jenseits der seinen. Wie Träume erschienen die Erinnerungen an Weite und Freiheit, an Leben und Menschen. Die Zeit war für ihn stillgestanden, seine Wachperiode hatte noch nicht begonnen, sie hatten ihn im Zustand zwischen Schlaf und Leben gefangen – ein weiterer Grund für seinen erfolgreichen Widerstand gegen den Wahnsinn. Er würde erst später vollständig erwachen, wenn er aus seinem Gefängnis entkommen war. In der Zeit bis dahin konnte er nur warten, auch wenn das immer schwerer wurde, unmöglicher. Er musste bald wieder richtig leben, um nicht die nächste Ruhezeit zu versäumen, und das wollte er nicht. Er war sehr stolz darauf, noch nie eine Schlafperiode versäumt zu haben. Er hatte auch noch nie einen Menschen zu seinesgleichen gewandelt, doch das nahm er sich nicht übel. Sein Leben hing nicht davon ab. Und jetzt diese Schmach, diese Schande, gefangen zu sein, obwohl diese Art des Gefängnisses schon lange nicht mehr üblich war und nicht länger den herrschenden Gesetzen entsprach. Sehnsüchtig starrte er auf die Bretter vor dem Fenster. Sie sahen morsch aus, die Risse sprachen Bände. Wenn er dorthin vordrang, genügte wahrscheinlich eine Berührung, um seiner Gefangenschaft ein Ende zu bereiten. Doch er kam ihnen nicht nahe, scheiterte an den hohen Wänden, seiner Apathie, der unzureichenden Nahrung. So saß er in der Ecke und starrte auf den Lichtschein, versuchte seine Erinnerung wachzuhalten. Er kannte die Gesichter derer nicht, die aus der Geschichte seiner Existenz so unvorhergesehen eine Tragödie gemacht hatten, war zu benommen gewesen. Ihre Köpfe waren verhüllt gewesen, ihre Gestalten in unförmigen Gewändern verborgen. Sie waren unkenntlich gewesen. Es waren Menschen gewesen, er hatte sie gerochen, ihre Angst, ihre Wut, ihre Entschlossenheit, ihr wild pulsierendes Blut in den Adern. Er hatte getobt, war aber nicht an seine Gegner herangekommen. Ihre Kleidung war nicht nur optischer Schutz gewesen.

Ruhig kauerte er wie so oft in der Ecke, den Blick auf die Spalten und Ritzen des Fensters geheftet, die Nasenflügel bebend, jeden Lufthauch sog er auf. Es war eine schwüle Sommernacht, voller Leben und Schönheit, schwer vom Duft letzter Frühlingsblüten. Sie war so fern wie eine fremde Galaxie, obwohl wenige Meter und ein paar morsche Planken ihn von ihr trennten. Ein vergessen geglaubter Duft war im Wind. Er stand auf, streckte sein Gesicht dem Fenster entgegen, die Nasenflügel bebten stärker. Der Duft nach Mensch lag in der Luft, kaum wahrnehmbar, so schwach, und doch so unverwechselbar. Dieser Geruch, den man vergessen konnte, wenn man ihn lange genug nicht roch, und ihn hatten seit seiner Ankunft in seinem Gefängnis nur Menschenaffen oder Affenartige versorgt. Die Familie, die ihn seit Generationen gefangen hielt, musste sehr vermögend und einflussreich sein, denn Affen zu halten war seit geraumer Zeit verboten, das hatte er von seiner Schwester erfahren. Die Verbindung zu ihr würde ihm das Überleben sichern, wenn er in ansehbarer Zeit entkam. Denn sie war schon einige Jahre tot, gemordet wegen ihres Andersseins. Und so würde sein Wissen um die Welt draußen bald veraltet sein, wenn sie ihm auch wie ein Gebilde seiner Fantasie vorkam. Die einzige Realität, die er kannte, widersprach den Bildern, Gerüchen, Informationen, die ihm seine Schwester bis zu ihrem Tod gesandt hatte, die ihn überfallen hatten, ohne Vorwarnung, wie Träume. Doch jetzt kam für einige Augenblicke der Geruch nach Mensch mit dem Wind, und er sog ihn auf, erklomm die Holzwand, um dem Fenster näher zu sein. Mit aller Kraft klammerte er sich an die rauen Balken und witterte, bis der Duft verschwand und seine Kraft nachließ. Ungelenk ließ er sich auf den Boden zurückfallen und kauerte sich in die Ecke. Da drang ein neuer Geruch zu ihm vor, stark, beißend. Er nahm ihn erst jetzt wahr, weil er sich davor zu sehr auf den Menschenduft konzentriert hatte. Es war der Geruch nach Feuer. Er erstarrte und schloss die Augen, im Bemühen gefangen zu hören, zu fühlen, zu riechen. Es roch nicht nur stechend nach Rauch und Flammen, er hörte ihr fernes Knistern und Prasseln, spürte die Luft vibrieren. Ein erster heißer Hauch streifte ihn. Panik griff nach ihm. Feuer, das alles vernichtende, reinigende Feuer, konnte sein Leben beenden. Er stopfte die Socken in die Schuhe, band die Schuhbänder zusammen und hängte sie sich um den Hals. Draußen würde er sie brauchen, wenn er dieses magische „Draußen" je erreichte, wenn es das „Draußen" noch gab. Er begann, die Holzwand hinaufzuklettern. Er bewegte sich diesmal langsamer als sonst, vorsichtiger, wählte eine nie zuvor gewagte Route. Er war weitergekommen als bei vergangenen Versuchen, als nicht allzu fern ein lautes Krachen erschallte, gefolgt von brausendem Tosen und einem Schwall heißer Luft. Rötlich flackerndes Licht durchleuchtete die Ritzen der Holzwand, Hitze und Rauch durchzogen sie. Er erstarrte wie gebannt, kletterte weiter. Immer höher kam er, musterte abwechselnd die Wand über sich und die Decke. Heller wurde der Schein in den Ritzen, dicker der Rauch, der in seine Welt eindrang. Die Balken unter seinen Händen wurden heiß. Der glühende Atem des Todes streifte ihn. Er kämpfte gegen die aufsteigende Panik, ehe er überlegt und bedacht weiterklettern konnte. Seine Hände und Arme zitterten, Schweiß lief ihm über das Gesicht und in die Augen. Als er bei der Decke ankam, begann in einer unteren Ecke die Wand zu brennen. Er griff nach Spalten in der Decke. Jetzt musste sich seine Beurteilung der Ritzen als richtig erweisen, sonst war ihm der Tod sicher. Und die Kraft durfte seine Hände und Arme nicht verlassen. Griff um Griff bewegte er sich auf das Fenster zu, sein Körper hing frei in der Luft voller Rauch und Hitze und Flammen, die Hände klammerten sich an den Balken der Decke fest. Er fühlte sich so schwer, als hätte er Blei geladen. Der Rauch brannte ihm in den Augen, raubte ihm die Sicht. Verzweifelt verkrampfte er die Finger in den Ritzen, doch spürte er, wie er den Halt verlor. Er blinzelte Tränen aus den Augen und kletterte weiter. Die Hitze war beinahe unerträglich. Die Balken schienen unter seinen Händen zu schwelen. Da sah er das Fenster vor sich, so nahe wie noch nie zuvor. Er begann, seine Beine und den Körper vor- und zurückzuschwingen. Als die Füße schon fast die Mauer berührten, sammelte er ein letztes Mal alle Kraft und stieß mit angezogenen Beinen vor. Er verlor den Halt, seine Hände glitten von den schwelenden Balken. Er sah eine kleine Flamme direkt vor seinem Gesicht, sein Körper schwang wie ein Pendel nach unten, er fühlte seinen beginnenden Fall. Seine Füße schlugen gegen etwas Hartes. Schmerz durchfuhr ihn, er erwartete, in das tosende Inferno zurückzufallen. Doch ein kühler Lufthauch fuhr seinen schweißgebadeten Körper entlang, er fiel ein Stück, blieb an etwas hängen. Seine Füße und Beine waren im Kühlen, in taufeuchtem Gras, sein Oberkörper hing in dem glühenden, rauchigen Feuermeer. Er tastete nach der Wand, schob sich an ihr aus seiner Welt, die in Flammen aufgegangen war. Erschöpft taumelte er einige Schritte vom Fenster seines Gefängnisses fort, ließ sich in das hohe Gras fallen. Die Nacht, die ihm vor dem Feuer schwül und drückend vorgekommen war, schien ihm frisch nach der sengenden Hitze. Es roch nach Wald, nach Gras und Blüten. Das Tosen des Infernos war in beruhigender Ferne. Die Luft war weich und rein. Seine Arme und Hände schmerzten, seine Augen waren fast blind vom Glanz der Flammen. Er setzte sich auf, zog Socken und Schuhe an. Er musste fort von hier. Weit fort. So weit fort wie möglich.

Die Brandwunden an den Händen waren noch nicht verheilt, es staken Splitter vom alten Holz in seinen Füßen und ließen jeden Schritt zur Qual werden, doch der Hunger war übermächtig. Er hatte das Versteck gefunden, in dem seine Schwester die Papiere gelagert hatte, die für sein Leben in der Welt des ‚Draußen' nötig waren. Er hatte sich Kleidung und Geld gestohlen, ein Hotelzimmer in der Stadt genommen, in der der Verwalter des Testaments seiner Schwester sein Büro hatte, und sein Erbe eingefordert. Er weilte wieder unter den Lebenden. Sein Erwachen war vollendet an dem Tag, an dem eine neue Ruhephase hätte beginnen sollen. Zum ersten Mal sah er sich solchermaßen in die Welt gebannt, mit wunden Händen und Füßen und einem nagenden, alles vereinnahmenden Hunger in sich. Und dieser Hunger musste gestillt werden.

TEIL 1

ZWIELICHT

Die Sonne schien schräg durch die Fenster auf die Reihen der Regale, auf denen sich Bücher drängten. Der große Raum war still bis auf das Murmeln der Besucher, die vor den ungezählten Bücherrücken standen und beratschlagten. Die Türe schwang auf, so weit, dass sie gegen einen nahen Aufsteller schlug, auf dem die Bestseller des Monats präsentiert wurden. Die kleine, rundliche Bibliothekarin tauchte aus den sonnendurchfluteten Bücherschluchten auf, ihre Augen eulenhaft hinter dicken Brillengläsern vergrößert. Die Urheberin des Tumults war ein Mädchen. Sie war klein und zierlich, lange, goldblonde Locken umrahmten ein schmales Gesicht. Ihre blauen Augen strahlten, die blassen Wangen waren gerötet. Sie trug ein rotes T-Shirt und ausgewaschene Jeans, die engen Kleider betonten ihre fast unpassend weiblichen Formen. „Passen Sie doch auf!", rügte die Bibliothekarin und rückte an den Büchern herum. „Verzeihen Sie mir, oh Gnädigste! Ich suche meine Schwester!", rief das Mädchen, das Strahlen wich keinen Augenblick aus ihrem Gesicht. Die Bibliothekarin warf dem grellbunten Schal um den Hals des Mädchens, der den tiefen Ausschnitt des T-Shirts gekonnt betonte, einen missgünstigen Blick zu. Wie die Jungen heute herumliefen! „Sie ist im oberen Zimmer und ordnet Bücher", gab sie Auskunft und sah hinter dem Mädchen her, das die Treppe hinauf verschwand. Was war es einmal für ein reizendes Kind gewesen ... Sie seufzte und wandte sich einem ratlosen Kunden zu.

„Serena? Wo bist du?", rief das Mädchen, das durch seine jugendliche Frische den Unmut der Bibliothekarin auf sich gezogen hatte, und stürmte in den Raum, in dem sie ihre Schwester vermutete, ohne Antwort abzuwarten. „Hier", seufzte Serena und sah auf. Ihre kleine Schwester suchte sich prinzipiell die ungünstigsten Momente für ihre Besuche aus. „Serena, ich *muss* dir etwas erzählen", verkündete das Mädchen. Sie liebte die große Geste der Dramatik, liebte es, etwas zu erzählen. Sie hatte ständig etwas zu erzählen. Und ihr Opfer war Serena. „Bitte, Sunna, setz dich", sagte sie. Sie war größer als ihre Schwester und nicht so zierlich. Ihre Haare waren dicht und glatt, fielen in dunkelrot gefärbter Flut weit über ihren Rücken. Ihre Haut war nicht so exquisit hell wie Sunnas, ihre Augen braun, ihr Gesicht rund. Böse Zungen sagten ihr eine Knollennase nach, und wenn sie sich an schlechten Tagen im Spiegel sah, fiel es ihr schwer, ihre beschönigende Beschreibung des Sachverhalts (eine Stupsnase, die etwas zu breit geraten ist) aufrechtzuerhalten. Meist gab sie den Spöttern recht. Doch sie fand, sie sah Janis Joplin ähnlich, und das versöhnte sie mit ihrem Schicksal. Außerdem würde sie es ihrer strahlend hübschen Schwester nie genug danken können, dass sie die Blicke und Aufmerksamkeit der zahllosen alten Tanten und Großtanten auf sich gezogen hatte. Serena wusste zu gut, was an ihr vorübergegangen war. Sie würde ihrem optischen Vorbild Janis Joplin dereinst einen Altar stiften, schwor sie sich fast täglich; ihrer Schwester zahlte sie anders Tribut: Sie hörte ihr zu. Sunna ließ sich einem Paradiesvogel gleich auf einem Sessel nieder und strahlte ihre Schwester sonnig an. „Ich habe mich verliebt", offenbarte sie. Serena hob nicht den Blick von ihrer Arbeit und schob die Brille den Nasenrücken hinauf. „Ach ja?", murmelte sie und dachte sich, dass die Woche, in der sich ihre Schwester nicht in irgendein dubioses Wesen verliebte und zu diesem Zweck jenen der Vorwoche abservierte, zum Weltwunder erklärt werden müsste. Die Brille rutschte sofort wieder zur Nasenspitze. Serena fragte sich, wie Janis Joplin ihre Brille gleichen Modells am richtigen Ort gehalten hatte. Sunna schüttelte den Kopf, ihre Locken flogen. „Nein, diesmal wirklich!", beteuerte sie. „Ach ja", wiederholte Serena und strich sich eine Haarsträhne aus dem Gesicht. Diese blieb ebenso wenig wie die Brille am erwünschten Platz. „Er weiß es noch nicht einmal", sagte Sunna. Diese Meldung ließ ihre Schwester innehalten und sie mustern. Das war ungewöhnlich. Normalerweise waren diejenigen, in die sich Sunna verliebte, junge Männer – oder etwas Ähnliches – aus ihrem Bekanntenkreis. Diese Individuen und Sunna verbrachten eine Woche in heftiger Verliebtheit, und wenn der Geliebte zu aufdringlich wurde, wandte sich Sunna dem nächsten zu, der seinerseits bei der Stunde null anfangen durfte. Serena hätte ihren Allerwertesten darauf verwettet, dass ihre Schwester trotz des hohen Verschleißes – oder vielmehr: gerade deswegen! – ebenso jungfräulich unerfahren war wie sie selbst. Sunna hingegen malte gerne ein Bild von sich, dem gegenüber noch die Hure von Babylon vor Neid erblasst wäre. „Ich weiß auch gar nicht, wer er ist", fuhr Sunna fort. „Das gibt's?", wollte Serena ehrlich begeistert wissen. „Es gibt *allen Ernstes* einen Mann hier, den du *nicht* kennst, von dem du nicht einmal weißt, *wer er ist?*" Sie war beruhigt. Ihre Schwester genoss das ‚Der-mysteriöse-Fremde'-Syndrom. Es konnte sich nur um Stunden handeln, bis der Fremde über Sunnas Gefühlssturm informiert war und seine Woche im Reigen antrat. „Ich hab' ihn gestern im Clockwork gesehen", berichtete Sunna, und das Strahlen verließ ihre Miene immer noch nicht. „Nur kurz, nur von der Ferne. Aber das reicht! Schwesterherz, das *reicht!*" Sie brach ab und seufzte tief und innig. Serena sah von den Büchern auf. Ob sich Janis Joplin so farblos und unzureichend gefühlt hatte? Bei ihr gehörten diese zwei Gefühle zur Tagesordnung, wenn sie mit ihrer Schwester konfrontiert war, für die ein Blick auf einen gutaussehenden Unbekannten zum Abenteuer wurde, sie mit Strahlen und schäumendem Leben erfüllte. „Du hast ihn also nur kurz von der Ferne gesehen?", wiederholte sie und dachte sich, dass ihre Reaktion auf noch so betörend aussehende Männer im höchsten Maß anders ausfielen: Der extremste Fall von Gefühlseinsatz war ein erfreutes Lächeln und der Gedanke: ‚Schön, dass es so etwas gibt. Vielleicht treff' ich ja einmal einen aus der Gegend.' Und in dem Fall, dass der optisch Ansprechende aus der Nachbarschaft war, fielen ihr sofort zahllose tatsächliche oder potenzielle Fehler ein, die ihr die anfängliche Begeisterung schnell austrieben. Ihre Schwester hingegen ... „Er ist ungefähr so groß wie du, vielleicht eine Spur größer", begann Sunna ihre Beschreibung des prachtvollen Unbekannten. Dieser Anfang ließ Serena den Kopf schütteln. Ihr fiel nie die Körpergröße anderer Leute auf, wurde sie darauf hingewiesen, wie groß oder klein jemand war, erstaunte sie das. „Er ist, glaube ich, ziemlich gut gebaut, so ... na ja, du weißt schon ..., aber eher dünn ... du weißt ...", fuhr Sunna fort. Serena wusste nicht, doch sie konnte vage Vermutungen anstellen, außerdem wollte sie die Beschreibung nicht in die Länge ziehen, und so nickte sie. „Er war ganz in Schwarz angezogen, nichts Ausgefallenes, nur halt schwarz", beschrieb Sunna, und abermals sah Serena erstaunt auf. Normalerweise konnte ihre Schwester dem farblosen Stil derer ganz in Schwarz nichts abgewinnen. „Er hat hellblonde Haare", sprach Sunna weiter, ihr Blick verträumt in unbestimmte Fernen gerichtet. Serena erwartete, die übliche Beschreibung zu hören – „lange Locken" et cetera –, doch Sunna fuhr fort, als sähe sie den Fremden vor sich: „Ganz glatte Haare, aber ich glaube, viele und dicke, und eine Frisur, als hätte ihm jemand einen Topf über den Kopf gestülpt, der bis zum oberen Rand vom Ohr geht, und alles drunter auf ein oder zwei Zentimeter gestutzt." Serena hob die Augenbrauen. Kein trendy Zöpfchen? Kaum zu glauben! Und so etwas Konventionelles begeisterte Sunna? Noch weniger zu glauben! „Vielleicht sind die Haare gefärbt, sie wirken nämlich am Ansatz dunkler ... und die Augenbrauen sind auch dunkel. Er hat auch sehr dunkle Augen ... ein spitzes Gesicht ... ganz helle Haut, fast unglaublich ... Er hat einen schönen Mund ..." ‚Natürlich', dachte Serena, ‚wie könnte es auch anders sein ...' „So mit nicht gerade vollen Lippen, aber auch nicht schmal, verstehst du? Und seine Nase ..." Serena unterdrückte ein Gähnen. Sunnas euphorische Beschreibungen schläferten sie unweigerlich ein. Ihr ermüdeter Geist verweigerte jede Kooperation beim bildhaften Vorstellen des Geschilderten. „... eine eher schmale Nase, relativ gerade, eine Art unentschlossene Stupsnase, sozusagen ..." Sunna brach mit innigem Seufzen ab. „Einfach wundervoll." Auch Serena seufzte, sie allerdings erleichtert. Doch mischte sich unleugbares Erstaunen in die Erleichterung.

Üblicherweise gingen Sunna nicht so schnell die Worte aus. Serena sah auf und starrte ihre Schwester an. Die saß auf dem Sessel und strahlte wie nie zuvor. „Keiner kennt ihn! Aber ich geh heute noch mal ins Clockwork, vielleicht ist er ja wieder dort … kommst du mit?", wollte sie wissen. Serena zuckte zusammen. „Ich?", war ihre Gegenfrage. „Ja, du!", beharrte Sunna. Ihre Schwester schluckte betreten. Der Gedanke war ihr unangenehm. Das Clockwork war eine Disco, und sie hasste Discos. Sie fühlte sich fehl am Platz, die Menschenmassen waren ihr zuwider. Sie ging fast nie aus. Sie hätte gar nicht gewusst, wohin sie gehen sollte, oder mit wem, da sie keine Freunde hatte. Noch nie hatte sie das Gefühl gehabt, etwas Wesentliches zu versäumen. Sie war ziemlich zufrieden mit ihrem Leben. Die Arbeit in der Bibliothek war interessant, danach ein Abendessen in dem Gasthaus, in das sie jeden Abend ging, dort traf sie immer dieselben Leute, redete ein wenig mit ihnen, nach dem Essen vielleicht ein Karten- oder Würfelspiel über einem Bier, dann ging sie nach Hause, las, hörte Musik oder ging gleich ins Bett. Ein ereignisloses und nettes Leben. In keinster Weise aufregend, spannend oder aufwühlend wie das ihrer Schwester. Die war von den frühen Abendstunden an nicht mehr zu bremsen, stürzte sich ins Fortgehen, vom Freundeskreis getragen. Und jetzt sollte sie, Serena, mit ihr ins Nachtleben geschwemmt werden, von dem Sunna behauptete, dass es in dieser Stadt nicht existierte? „Ach, weißt du …", begann sie ihre Absage. „Serena, es ist mir wichtig! Einmal kannst du doch mitgehen!", drängte Sunna. Serena fühlte, wie ihr übel wurde bei dem Gedanken an einen Abend voll Peinlichkeit und dem brennenden Gefühl, fehl am Platz zu sein. „Aber …", wandte sie ein. Sunna unterbrach sie erneut: „Bitte!" Flehen lag in ihrer Stimme, ihrem Gesicht. Serena zögerte. Irgendwie war sie ja auf den geheimnisvollen Unbekannten neugierig. „Na gut", murmelte sie. „Danke! Bis später!", rief Sunna und sprang auf. Serena sah ihr nach. Als Sunna den Raum verlassen hatte, wandte sie sich ihrer Arbeit zu. Ein mulmiges Gefühl begann, in ihrem Magen zu rumoren, wenn sie an den Abend dachte.

Ohrenbetäubend hallte und peitschte ein Lied aus dem Film ‚Twin Peaks – Fire Walk With Me' durch den Raum, begleitet vom rhythmischen Zucken blauer und rosaroter Lichtsalven im Dunkeln. Sunna besprach sämtliche harmlosen Passanten in allen unvorteilhaften Details, was sie nicht daran hinderte, den Raum nach dem begehrten Fremden abzusuchen. Serena stand im Gedränge, ein Glas mit einer alkoholischen Flüssigkeit in der Hand, die sie nicht trinken wollte, und fühlte sich so fehl am Platz, wie sie es sich vorgestellt hatte. Wenn es nicht schlimmer war. Ihrem Gefühl nach war sie schon der Spott aller gewesen. ‚Erstklassige Paranoia', teilte sie sich mit. ‚Kein Mensch schaut dich an. Und wenn sie zufällig herschauen, heißt das noch lange nicht, dass sie sich über dich lustig machen.' Die Autosuggestion war nicht erfolgreich. Kein Wunder, sie hatte auch beim autogenen Training heillos versagt. Sie trank einen Schluck und zündete sich eine neue Zigarette an. Wäre sie öfter an solch quälenden Orten, wäre sie längst Kettenraucherin geworden. Neiderfüllt beobachtete sie ihre Schwester. Die lachte und scherzte mit einem Grüppchen ihrer Freunde, das Strahlen immer noch in ihr, doch jetzt durch ihre dramatische Gestik und die ständige Bewegung vertuscht. Sie war auf Fang aus, das sah ihr Serena mit geübtem Auge an. Der weite Ausschnitt, die figurbetonte Kleidung, die wachsamen Blicke, mit denen sie die Disco nach dem auserwählten Opfer absuchte, die Schärfe ihres Lächelns, der Lockruf ihres Lachens, das die stumpfsinnig dröhnende Musik übertönte – Serena hatte an ihrer Schwester eine Vielzahl an Tricks und Techniken des Männerfangs beobachtet. Sie würde dereinst ein Buch schreiben: „Die Techniken des Männerfangs – von spontaner Taktik bis zu langfristig geplanter Strategie". Und das, ohne je einen Mann gefangen zu haben. Wie unsäglich praktisch. Das Buch würde sie ihrer Schwester widmen. Sie seufzte und sah einer Rauchwolke nach, die sich allzu schnell in der dicken, rauchgesättigten Luft verlor. Sie würde am nächsten Tag unausgeschlafen sein und Halsschmerzen haben, wie zumeist, wenn sie sich zu lange in rauchigen Lokalen aufhielt. Am liebsten wäre sie gegangen, doch Sunnas Blick streifte auch sie, und sie hatte ihr versprochen, im Fall des Falles anwesend zu sein und den Fremden zu besichtigen, solange er ein Fremder war. Serena dämpfte die Zigarette aus und kramte eine neue heraus. Das Feuerzeug verweigerte den Dienst. „Ich weiß, ich rauche zu viel, aber das geht zu weit!", fauchte sie es an der Zigarette vorbei an. Eine Flamme erschien vor ihrer Zigarettenspitze, tanzte auf einem Streichholz, das eine Hand zielsicher hielt. Serena sog an ihrem Glimmstängel und sah zu dem Retter in der Not auf. Es war ein eher unscheinbarer, junger Mann, wie sie in diesem und ähnlichen Lokalen zu Dutzenden herumliefen, Modell ‚Trendy Zöpfchen, dunkelhaarig, schwindsüchtig', wie Serena sie nannte. Er beutelte das Streichholz aus und warf Sunna und ihrer Gesellschaft einen tieftraurigen Blick zu. Er hatte die Aura eines Dackels mit Bauchschmerzen, fand Serena. „Bist du ihre Schwester?", fragte er – eine Geste in Richtung Sunna deutete an, wessen Schwester zu sein er sie verdächtigte. Sie nickte: „Woher weißt du das?" Er lächelte schief: „Sie hat gesagt, ihre Schwester sieht aus wie Janis Joplin." Serena nickte erleuchtet. Der jugendliche Galan mit dem romantischen Trauerflor im Blick war ein Verflossener ihrer kleinen Schwester. „Ich bin bis gestern ihr Freund gewesen", erklärte er. „Nenn mich einfach Chuck. Oder wenn du mir eine Freude machen willst, Carlos." Sie verstand die Implikationen der Spitznamen nicht und verlieh ihrem Unwissen Ausdruck: „Hä?" Er erläuterte weiter: „Meine Eltern haben mich mit dem Namen Karl geschlagen. Und ich spiele Leadgitarre in der Band ..." „Deltafliege", unterbrach sie ihn. Der Name der Band war ihr so idiotisch vorgekommen, dass sie ihn sich gemerkt hatte. Er nickte und fuhr fort: „... und deshalb nenne ich mich Chuck wie Chuck Berry oder Carlos wie Carlos Santana." „Ah ja. Alles klar", sagte Serena und fragte sich, wie sie dazu kam, mit diesem Wesen eine Unterhaltung zu bestreiten. „Ich verstehe sie nicht", eröffnete der Gitarrenakrobat mit tiefem Seufzen das Feuer. „Ich auch nicht", stellte Serena klar, ehe er fortfahren und ins Detail gehen konnte. „Sie war mir schon immer ein Rätsel. Schon als Säugling. Und da hat sich in dieser Hinsicht prinzipiell wenig geändert." Er musterte sie verwirrt, eindeutig konnte er mit dieser Äußerung nichts anfangen. „Sie kennt diesen Typen nicht einmal ...", kehrte er zu seinem ursprünglichen Anliegen zurück. Serena wappnete sich seufzend. Irgendetwas an ihr schien diese Klagemauer-Reflexe auszulösen. Karl war nicht der erste von Sunnas Ex-Freunden, der Serena diese biblische Funktion zugewiesen hatte. Vielleicht spürten sie, dass sie zu höflich war, um wegzugehen oder brutal zu unterbrechen. Auch dieser Sitzengelassene redete auf Serena ein, unbekümmert, ob sie zuhörte. Sie leerte ihr Glas und ihre Zigarettenpackung und haderte mit ihrem Schicksal. Warum konnte sie nicht friedlich zu Hause sitzen und lesen? Weil sie neugierig gewesen war, beantwortete sie sich diese Frage. Sie starrte in den Raum, in dem die Menschen sich neben der Tanzfläche drängten – darauf war fast keiner. Ungeachtet der Seelenpein des Jünglings neben ihr hoffte sie den Fremden zu erblicken, von dem ihre Schwester so geschwärmt hatte. Jemand packte sie am Arm. Sie fuhr herum und sah in Sunnas weit aufgerissene Augen. „Dort, auf der anderen Seite, dort ist er! Siehst du ihn?", rief sie aufgeregt und drängte sich davon. Serena schaute in die angedeutete Richtung. Dort stand einer am Rand der Tanzfläche, ganz in Schwarz, wie aus dem Nichts aufgetaucht, alles an ihm so ungewöhnlich in einer Disco wie sein Filzhut. Und im Schatten der weiten Krempe blitzten große Sonnenbrillen. ‚Woher wollte Sunna wissen, was für Augen und Haare er hatte?', fragte sich Serena. Sunna hatte sich zu ihm durchgekämpft und blieb vor ihm stehen, sprach ihn an. Er sah zu ihr hinunter, antwortete. Ein leichtes Lächeln hob seine Mundwinkel. Es wurden ein paar Worte gewechselt, dann verschwanden die beiden im Gedränge. Der Sitzengelassene seufzte sichtbar. Serena klopfte ihm beruhigend auf die hängende Schulter. „Mach dir nichts draus, Brüderlein", sagte sie. „Fürchte dich nicht. Er kümmert sich auch um andere nicht", fügte sie hinzu, als sie seinen anklagenden Blick nach oben sah. Er schaute sie verständnislos an. „Wieso Brüderlein?" „Was soll denn eine alte Frau wie ich sonst zu einem Grüngemüse wie dir sagen?", konterte sie. Er lief rot an, zögerte zwischen Ärger und Erheiterung hin- und hergerissen, und lächelte schließlich.

„Darf ich dich auf ein Getränk einladen, Schwester?", wollte er wissen. Sie schüttelte den Kopf: „Nein. Aber du darfst mir Gesellschaft leisten, falls du außer Sunna noch andere Gesprächsthemen kennst."

Er sah ihr nach. Sie lief die wenigen Meter bis zum Haustor, leicht, sprühend vor Leben. Sie sperrte es auf und wandte sich zu ihm um, bevor sie im dunklen Schlund verschwand. Er starrte auf das Tor, ehe er sich abwandte, die Sonnenbrille aufsetzte und langsam die Straße entlangging. Der Hunger tobte in ihm, war quälend stark. Bald würde er ihm nachgeben müssen. Bald würde es nicht schwer sein, ihm nachzugeben. Er spürte noch ihren Geruch, diesen Duft nach strahlendem, schäumendem Leben. Nichts Geknicktes, nichts Ermüdetes lag darin, nur Lebensfreude und Kraft. Die Essenz allen Lebens, die in ihren Adern pulsierte, hatte seinen ausgehungerten Verstand beinahe betäubt, hätte seinen Hunger um ein Haar zu besinnungslosem Rausch gesteigert. Doch nur beinahe und um ein Haar. Er hatte sich beherrscht, hatte über Belanglosigkeiten gesprochen, hatte nur seinem Lächeln die wilde Freude zu zeigen gestattet, von ihr angesprochen worden zu sein. „Mir scheint, ich habe geschlafen, um von dir geweckt zu werden", hatte er zu ihr gesagt, und so war es. Er hatte sie nicht berührt, die Handschuhe, die seine Brandwunden verbargen, hatten dafür gesorgt. Doch hatte er durch den Stoff das Verstand-raubende-Pulsieren des Lebens in ihr gespürt. Sie bemerkte seine Fremdartigkeit nicht, stieß sich nicht an seiner wächsernen Blässe, der kühlen Haut, der Sonnenbrille vor seinen Augen. Sie bestand nicht auf breitem Grinsen, sie hatte ihn nicht gedrängt, sie tagsüber zu sehen. Sie war sorglos, arglos und bedenkenlos. Sie war romantisch, naiv und leichtgläubig. Sie war geboren, seinen rasenden Hunger zu stillen. Sie war randvoll mit Leben. Sie war ... Er blieb stehen und sah über die Schulter zurück. Seine Nasenflügel bebten, seine Augen blitzten hinter den dunklen Gläsern auf. Ein tiefer Seufzer entkam ihm. Er ging weiter. Vielleicht sollte er sie wandeln, zu einer Gefährtin machen, jetzt, wo seine Schwester getötet worden war ... Nein. Es wäre reine Verschwendung, diese vergnügungssüchtige Person zu wandeln, sie hätte kein langes Leben. Außerdem konnte er nicht umhin, an seiner Fähigkeit dazu zu zweifeln, von ihrer Willigkeit ganz abgesehen. Das wilde Leben hielt sie zu fest umschlungen, er würde sie ihm nicht entreißen können. Sie war zu geradlinig in ihren Anschauungen, zu sicher, zu überzeugt von der Grandiosität nahender Ereignisse, von der Glückseligkeit ihres Lebens. Ihr Leben war Komödie, war ein Reigen von Tänzern, Gauklern, Magiern. Doch nicht alle Gaukler waren von reiner Gesinnung, und so schlummerte auch in ihrer Komödie der Keim der Tragödie, düster, melancholisch, schwermütig. Sie hatte diesen Keim erweckt, sein Wachstum angeregt, indem sie den falschen Gaukler in den Reigen eingelassen – ja, hereingebeten – hatte. Tragödie wuchs schnell, überwucherte ein Leben im Handumdrehen. Wenn sie nicht rechtzeitig bemerkte, was geschah, den bleichen Fremden fremd bleiben ließ, würde es zu spät sein, dem Dickicht der Tragödie den Rücken zu kehren. Er öffnete das Gartentor zu seinem Haus. Er wohnte außerhalb der Stadt, zwischen Weinbergen und Wald, in Stille und Schatten. Tagsüber hielt er die Fensterläden geschlossen, ruhte im Dunkel der Zimmer. Erst des Abends öffnete er Läden und Fenster und wagte sich hinaus in die Stadt. Bei seinem zweiten Vorstoß in die wenigen Lokale der Stadt war sie ihm begegnet, hatte sie ihm Tür und Tor geöffnet. Er schloss das schmiedeeiserne Tor hinter sich. Eine hohe Mauer umgab den Garten, Rosen wucherten an der Innenseite. Ein Obstbaum stand mitten auf der Wiese, Beete mit Blumen zierten die Hauswände. Das Haus war klein, alt, mit eingesunkenem Dach. Fledermäuse lebten auf dem Dachboden, Ratten bevölkerten den Keller. Die Kinder der Nacht waren seine Freunde, sie wachten und schliefen zugleich mit ihm. Er betrat den Vorraum. Modriger, schaler Geruch schlug ihm entgegen, mischte sich mit dem von frischer Erde. Die Nacht war noch jung, doch hatte er für den nächsten Tag viel geplant, und so ging er in das kleine, fensterlose Zimmer, in dem sich seine Schlafstätte befand.

„Serena? Serena, wach auf! Wach doch bitte, bitte auf!", flüsterte eine Stimme, und jemand rüttelte an ihrem Arm. Sie schloss die Augen fester. Sie war gerade erst eingeschlafen, wie konnte man von ihr verlangen aufzuwachen? Heute war ein Arbeitstag, da würde allzu bald der Wecker läuten. Ein bisschen Schlaf brauchte sie ... „Serena! *Wach doch bitte auf!*", flüsterte die Stimme. Sie schlug resigniert die Augen auf. Sunna war die einzige Person, die sie kannte, die schreien konnte, ohne die Stimme zu erheben. Und gegen dieses tonlose Schreien half nichts, was diese Welt zu bieten hatte – außer dem Tod vielleicht, und den hatte Serena wohlweislich noch nicht ausprobiert. „Was ist?", wollte sie wissen, doch ihr Flüstern transportierte ihre Gereiztheit nicht. „Ich bin gerade nach Hause gekommen", offenbarte Sunna ihr, das Strahlen intensiv in ihrem Flüstern. „Und ich *muss* dir von ihm erzählen!" *„Nein!",* fauchte Serena und drehte sich zur Wand. „Doch ... doch, Serena. Ich muss einfach. Er ist unglaublich!", schwärmte Sunna. Serena wünschte sich, dass ihre Schwester Tagebuch schreiben oder zumindest die Tortur des Erzählens bis zum Tag aufheben würde. Sunna kannte keine Gnade: „Er ist so ... so ganz anders als alle anderen ..." Serena starrte verbissen auf die Wand. „Er hat gar nicht versucht, mir zu nahezukommen ... die anderen sind immer gleich so aufdringlich." Die Romantikmasche also. „Er hat Handschuhe angehabt, Serena, und die hat er nicht ausgezogen, er hat gemeint, es wäre besser so." Wahrscheinlich wollte der Kerl keine Fingerabdrücke hinterlassen. „Überhaupt hat er so schöne, so eigenartige Sachen gesagt ... Er hat gemeint, ich soll kein Parfum verwenden, denn der beste Geruch sei der des Menschen selbst." Naturfreak also ... hatte gar nicht so ausgesehen. „Er heißt Simeon Amon, ist das nicht ein wunderschöner Name?" Klang ja alttestamentarisch. „Und seine Augen sind blaugrün. Ganz dunkles Blaugrün! Serena, ich sage dir ..." Das hätte sie ohne den Hinweis nicht bemerkt. „... ich sage dir, ich glaube, diesmal hat's mich wirklich ganz und gar erwischt. Er hat gesagt, was ihm an mir aufgefallen ist, wäre meine Lebensfreude, meine Kraft. Nicht das hübsche Gesicht, das hätten viele, hat er gesagt, sondern vielmehr meine ... wie sagte er nur ... meine Intensität. Ja, das hat er gesagt." Serena ertappte sich dabei, wie sie zuhörte. „Was er nur

damit gemeint hat, mit Intensität? – Jedenfalls hat er mir einen Bacardi gekauft. Ohne lang zu nörgeln, ich solle einen Cocktail trinken, du weißt schon, einen Screwdriver. Er war ziemlich distanziert, weißt du, aber auch irgendwie einladend. So, als wollte er gebeten werden, als wäre Höflichkeit wichtig, als wär' er einem Ritual gefolgt, einem Ritual fürs Kennenlernen, Bekanntwerden, archaisch!" Sie brach ab. Serena sah auf die Wand und lauschte verblüfft. Der Neue fiel wirklich aus der Reihe. „Er war sehr ernst, eigentlich, hat selten gelacht. Nur gelächelt, ein ganz besonderes, spezielles Lächeln, weißt du, nur so ein Heben von den Mundwinkeln, leicht, kaum zu sehen ... aber irgendwie ... na ja ... so voller Freude, dass ich da war. Mit ihm geredet habe. Er ist fremd hier, hat er gesagt, er war lange weit fort – wie in einer anderen Welt, hat er gesagt. Er kennt niemanden, und er lernt nicht leicht Leute kennen. Er hat gesagt, dass ihm so ein Glücksfall noch nie untergekommen ist, dass ihn am zweiten Tag in der Fremde so eine besondere Person anspricht – stell' dir nur vor, er hat mich eine besondere Person genannt! Er hat gesagt, es scheint ihm, als hätte er lange geschlafen, und ich hätte ihn aufgeweckt! Und bei alledem war er so ... so ... so ehrlich. Das war alles irgendwie ganz direkt und natürlich, so, wie er das gesagt hat. Er hat sicher nicht gelogen. Bestimmt nicht!" Serena fühlte eine giftgrüne Schwade feiner Missgunst an sich vorüberstreichen. Warum hatte ihr noch nie jemand auch nur annähernd Ähnliches gesagt? „Er hat gesagt, die letzte Zeit hat er wie in einem Gefängnis verbracht, wie ein unfreiwilliger Einsiedler. Er hat gesagt, er ist den Umgang mit Menschen nicht mehr so richtig gewöhnt, und ich soll nicht böse sein, wenn er etwas Falsches sagt oder so, und ihn auf Fehler hinweisen. Er ..."
„Sunna, ich muss in drei Stunden aufstehen und bin selbst gerade erst nach Hause gekommen", unterbrach Serena den euphorischen Monolog ihrer Schwester. „Neidest du mir das bisschen Schlaf, nachdem ich deinem letzten Verflossenen als Klagemauer dienen durfte?" Sie ertrug den glückstriefenden Redeschwall nicht mehr. Schlimm genug, dass sie so einen Paradiesvogel zur Schwester hatte, sie musste nicht jedes Detail hören. „Ich wollte

auch nur noch sagen, dass …, dass er nicht so wirkt, als wäre er wie die anderen, die glauben, sie können einen nach spätestens einer Woche ins Bett kriegen und am nächsten Tag damit angeben. Er kommt mir nicht so vor, als wär's das, woran er interessiert ist", schloss Sunna ihr Loblied ab. „Gute Nacht", fügte sie hinzu. Serena ächzte höhnisch und bitter und versuchte einzuschlafen. Das nagende Gefühl, etwas zu versäumen, hielt sie einige Zeit wach, was ihr besonders unfair vorkam, da sie in dieser Nacht einen kleinen Bruder gewonnen hatte, anstatt wie sonst lesend zu Hause zu sitzen.

In einem unsichtbaren Nebel aus Müdigkeit gefangen, schlurfte Serena den Hauptgang der Bibliothek entlang und warf halbherzige Blicke in die Bücherschluchten. Wenn jemand etwas von ihr wollte, konnte er sie gefälligst ansprechen. Sie würde heute ganz sicher niemandem auf die Nerven fallen, indem sie ihre Hilfe aufdrängte. Vor den Fenstern fiel satter Regen, das Wasser lief über die Scheiben und verwischte die Konturen der Außenwelt. Das gleichmäßige Rauschen wirkte zusätzlich einschläfernd auf Serena. Bleierne Mattigkeit hielt sie gefangen, unabwendbar. Es war ihr ein Rätsel, wie eine einzelne Person derartig energielos sein konnte. In weiter Ferne hörte sie die Türe klappern. Auch das noch. Hoffentlich war es nicht einer der anstrengenden Kunden. Diejenigen, die dem strömenden Regen getrotzt hatten, waren bis jetzt von der unauffälligen Sorte, sie blätterten in den Büchern, lasen, besprachen einzelne Passagen mit einlullend murmelnden Stimmen, rücksichtsvoll flüsternd. „Schwester Janis?" Sie blieb stehen und drehte sich um. Vor ihr stand Chuck oder auch Carlos, troff Regenwasser und grinste unverdrossen auf sie hinunter. „Solltest du nicht gerade in der Schule sitzen und Französisch-Schularbeit schreiben?", fragte Serena und zupfte an ihren langen Glasperlenketten. „Ja", gab er zu, unbeeindruckt von der Anklage in ihrer Frage. „Aber ich hatte auf die anderen beiden Zweier, da werd' ich's mir nicht mit der letzten versauen." Serena seufzte. „Klingt einleuchtend. Du schwänzt also gnadenlos?" „Beinhart", beteuerte er und strich sich die etwa schulterlangen Spaghettilocken aus dem Gesicht.

„Und da fällt dir nichts Besseres ein, als mich heimzusuchen?" ächzte sie. Ein Grinsen schlich sich auf seine gerade noch ergriffen ernste Miene. „Richtig. Exzellent", bestätigte er. „Ich muss dich darauf hinweisen, dass ich nicht meiner Schwester Eheberaterin bin. Dafür verstehe ich viel zu wenig von dieser Art Problem", informierte sie ihn mit dem Elan einer achtzigjährigen Riesenschildkröte mit Rachitis. „Ich kann dir die verlorene Schönheit nicht wieder gefügig machen, tut mir leid." Er schüttelte den Kopf, Wassertropfen flogen. „Weiß ich doch. Ich bin nicht gekommen, um dich mit deiner Schwester zu langweilen. Ich wollte nur einfach mit dir reden!", sagte er. Serena seufzte ein Gähnen weg. „Du führst also gerne Selbstgespräche? Oder ist es mehr ein ausgeprägter Hang zu Monologen?" Tiefe Verständnislosigkeit lag in seiner Miene und Stimme: „Wieso?" Sie unterdrückte das nächste Gähnen und erläuterte: „Weil du unweigerlich genau dort landen wirst, wenn du versuchst, jetzt mit mir zu reden." Diese Erklärung reichte nicht aus. „Wieso? Gestern haben wir uns doch auch ..." „Eben", unterbrach sie ihn. „Davon abgesehen, dass es nicht gestern, sondern heute war. Warum, glaubst du, bin ich so k. o.?" Er blinzelte sie verwirrt an, bis ihm die Erleuchtung kam. „Warum sagst du nicht gleich, dass du müde bist? Wann bist du denn aufgestanden?", erkundigte er sich. „Um sechs Uhr in der Früh, junger Mann. Und seitdem bin ich im Dienst. Zuerst Bücher ordnen, einschlichten, kontrollieren, so Zeug. Und seit Beginn der Öffnungszeit, also seit nunmehr auch schon wieder der einen oder anderen Stunde, latsche ich hier auf und ab. Qualvoll und eintönig. Ermüdend. Und ich bin nicht einfach müde – welch ein banales, mickriges Wort! –, ich bin erschöpft, erschlagen, gebrochen und bar jeder Kraft. Also ... he, Chuck, was ist?", unterbrach sie sich und schob verständnisheischend die Brille den Nasenrücken hinauf. Karl hatte einen Blick auf die Eingangszone der Bibliothek geworfen und wandte sich ihr wieder zu. „Na ja, dann werd' ich halt dort einmal schauen. Vielen Dank, jedenfalls", sprach er leise, rätselhaft und deutlich und wandte sich den Bücherschluchten zu, verschwand in der Abteilung Musiker-Biografien und gewährte somit freie Sicht auf das, was er zuvor mit eher gepeinigter Miene betrachtet hatte.

Einer kam den Hauptgang entlang, ganz in Schwarz gekleidet, Wasser troff von seinem knielangen Mantel. Er hatte einen Filzhut in der Hand, von dem ebenfalls Wasser tropfte, seine Haare glänzten silberblond im Zwielicht des nahenden Abends. Er blieb im Schatten einer Bücherwand stehen und nahm seine große Sonnenbrille ab, um die Gläser trocken zu wischen. Seine Augen waren tatsächlich von dunklem, intensivem Blaugrün. Er setzte die Sonnenbrille wieder auf und wandte sich an Serena. „Entschuldigen Sie, aber die Dame vorne hat mich an Sie verwiesen", sagte er, seine Stimme war tief und weich. „Ich wüsste gerne, ob Sie Bücher haben, die Aberglauben behandeln, oder Parapsychologie, Religion, Sekten, übersinnliche Phänomene, okkulte Riten, Brauchtum, all das Zeug."
Sie nickte. „Ja, ein wenig zumindest. Kommen Sie doch bitte, es sind zwei Regale ganz hinten. Diese Dinge sind glücklicherweise alle in einer Ecke, da brauchen Sie nicht kreuz und quer durch die Bibliothek zu laufen. Ihren Mantel hängen Sie am besten einfach über den Sessel an der Wand, da kann er bei der Heizung trocknen", schloss sie und blieb vor besagter Bücherschlucht stehen. Es war dunkel hier, das nächste Fenster war nicht weit, doch schirmte die Bücherwand das spärliche Licht ab. „Ich werde Ihnen das Licht aufdrehen, damit Sie besser sehen", meinte Serena gewohnheitsmäßig. Der Fremde schüttelte den Kopf und nahm die Sonnenbrille ab. „Nein, nein, es reicht völlig so", beteuerte er eilig und eigenartig dringlich. „Ich sehe wirklich genug ... Meine Augen sind sehr lichtempfindlich, da ist mir ein bisschen Zwielicht nur recht." Serena zögerte: „Sind Sie sicher? Ich könnte hier jetzt nichts mehr lesen ..." Ein leichtes Lächeln hob seine Mundwinkel. „Es ist eine Art ... Eigenheit in meiner Familie. Wir alle haben unsere, hm, sagen wir, Schwierigkeiten mit dem Licht. So etwas kommt vor, selten, aber doch", erklärte er. Sie nickte, eine ferne Erinnerung suchte sie heim. „Ich habe einmal von einer alten Familie gelesen, da waren seit dem Beginn der Familienchronik Aufzeichnungen über Symptome

von Zuckerkrankheit ... Ist es so was Ähnliches, nur in Bezug auf Lichtempfinden?", fragte sie. Er lächelte wieder, und sie hatte das Gefühl, dass er ihr dankbar für diesen Vorschlag war. „Es wird wohl so sein, auch meine Familie ist sehr alt ...", meinte er. Serena sammelte sich, zwang sich zu einem beflissenen Lächeln. „Nun, dann will ich Sie nicht länger stören. Sollten Sie doch Licht brauchen ..." Sie brach ab und seufzte. „Ich bin ja in der Gegend." Er nickte und wandte sich den Bücherrücken zu. Mit einem letzten schläfrig-verwunderten Blick auf den Fremden, den sich ihre Schwester als Nachfolgemodell für Karl erwählt hatte, schlurfte Serena den Gang entlang, Zwielicht und Regenrauschen umhüllten sie wie weiche Kissen.

Er verharrte in ratloser Stille, bis die junge Bibliothekarin gegangen war. Sie verwendete keine artifiziellen Geruchsbehelfe, sie hatte nur nach sich selbst gerochen, ihr eigenwilliger Duft hing in der staubigen Luft. Sie hatte ihm als Versuchstier gedient, ob die Geschichte der Erbkrankheit ein mögliches Erklärungsmodell für seine seltsame Existenz in der kleinen Stadt war. Vielleicht war es nur ihre Müdigkeit gewesen, die es ihm so leicht gemacht hatte, sie zu überzeugen, aber er schätzte die Lage besser als gedacht ein. Sie hatte ihn kaum wahrgenommen, so erschöpft hatte sie gewirkt. Und doch war ihr Blick mit rätselhafter Intensität auf ihn gerichtet gewesen, verborgenes Interesse unter schlafschweren Lidern. Die Gute hatte das Hippie-Zeitalter versäumt, eine Schande eigentlich. Sie wäre dafür wie geschaffen gewesen. Ein spöttisches Lächeln hob seine Mundwinkel. Ihr Interesse sollte ihn nicht wundern, schließlich war genau dieses Interesse hervorzurufen der Schlüssel zu seinem Überleben. Sein Blick streifte prüfend über die Bücher vor ihm. Viel hatten sie nicht in dieser Bibliothek. Er machte sich an die Arbeit, nahm ein Buch nach dem anderen vom Regal, blätterte es durch, auf der Suche nach Informationen, die ihm gefährlich werden konnten. Während er Buch um Buch überprüfte, ertappte er sich dabei, wie er überlegte, woran ihn der Geruch der Bibliothekarin erinnert hatte. Irgendwo in den Tiefen der Bücherei unterhielten sich zwei Leute, ihre Stimmen vermengten sich mit dem Rauschen des Regens. Lichter gingen an, nur die Lampen über ihm blieben dunkel. Sie hatte sich an seine Lichtempfindlichkeit erinnert. Die Bücherrücken drückten schmerzlich in seine wunden Handflächen, die feuchten Handschuhe hatte er ablegen müssen. Nichts stand über seinesgleichen in den Büchern als alte, falsche Klischees, die ihm nicht schaden konnten. Die friedliche, zeitlose Atmosphäre umfing ihn, ließ ihn seinen Hunger für eine Weile vergessen. Immer mehr entspannte er sich, las bald hier, bald dort eine amüsante oder skurrile Stelle in einem Buch, verlor sich in wohliger Gedankenlosigkeit. Die Last seines gehetzten, verfolgten und verborgenen Daseins fiel von ihm ab, und er genoss die Leichtigkeit und Freiheit, die ihm das Fehlen dieser Bürde verlieh.

Serena war nicht weit gekommen, da tauchte ihr neuerworbener Bruder vor ihr auf. „Das ist Sunnas neue große Liebe, nicht wahr?", wollte er in kaum hörbarem Flüstern wissen. Sie nickte stumm und ging an ihm vorbei. Er folgte ihr. „Er schaut aber zu alt für sie aus! Der ist sicher schon in seinen Zwanzigern! Und über fünfundzwanzig, würd' ich sagen!", eiferte er sich, immer noch sehr leise. Serena blieb stehen und musterte ihn kritisch. „Was stört dich eigentlich an ihm? Dass er vielleicht über fünfundzwanzig ist? Oder dass dich Sunna wegen ihm sitzengelassen hat? Oder die Kombination? – Nein, sag's nicht", winkte sie ab. „Ich will es gar nicht wissen. Überhaupt bin ich kein guter Gesprächspartner, wenn es um meine Schwester geht. Ich kann sie nicht verteidigen, dazu geht sie mir zu sehr auf die Nerven. Ich kann ihr Verhalten nicht erklären, denn sie ist mir ein Rätsel. Und ich kann nicht über sie schimpfen, denn dazu hat sie mich zu heldenhaft vor den ganzen Verwandten beschützt. Also vergiss es, Chuck. Vergiss es einfach", schloss sie seufzend. Den ganzen Tag war ihr das Leben schon zu mühsam, und jetzt brach diese unfaire Fülle unvorhergesehener Ereignisse über sie herein. „Du sprühst ja vor Elan", beschwerte sich Karl. „Wie kann ein Energiebündel wie Sunna nur so eine stoische, phlegmatische Schwester haben?" Serena ging auf diese Frage nicht ein, sie drehte lieber das Licht auf. In der hintersten Ecke ließ sie die Leuchtstoffröhren dunkel. „Was ist los? Krebst dort nicht der große Unbekannte herum?", wollte Karl wissen. Serena seufzte zum wiederholten Male und erklärte: „Er hat gesagt, er will es lieber dunkel haben. Lichtempfindlichkeit. Irgend so eine Erbkrankheit, Degenerationserscheinung, du verstehst …" Karl verdrehte die Augen. „Auch *das* noch! Was ist nur in Sunna gefahren?" Serena warf ihm einen spöttischen Blick zu und stimmte in beiläufigem Tonfall zu: „Ja, ich frage mich auch allmählich. Sie wird doch nicht etwa … Weißt du, alle bisher waren ungefähr so wie du: Mehr oder weniger pubertierende Milchbubis, meistens mit langen Haaren, weil das ja, oh, so in ist, entweder auf der romantischen Schwindsüchtigen-Welle wie du oder auf der Hard'n'Heavy-Welle, auf proletoid. Sie waren primitiv und offensichtlich auf ein Ziel aus: Das Bett zu zweit. Sie waren nicht umerziehbar, und deshalb hat sie sie abserviert. Sie waren alle Teenager. Der dort …" Sie machte eine Pause und sammelte ihre Gedanken, um sich nicht darin zu verheddern. „Der dort ist eindeutig kein Teenager, er hat unglaublicherweise dem Trend widersprechend kurze Haare, er ist laut Sunna ziemlich zurückhaltend und angeblich – einstweilen zumindest – an ihrer Person als Mensch interessiert, nicht an ihrer Person als Bettgenossin. Es ist kaum zu glauben. Sie muss tatsächlich erwachsen werden." Sie bedachte Karl mit einem prüfenden Blick, musste lachen, als sie seinen beleidigten Gesichtsausdruck sah, und fügte hinzu: „Nimm's nicht so hart, Chuck. Ich habe nur dein äußeres Erscheinungsbild als veranschaulichendes Beispiel gewählt. Sonst weiß ich ja nichts von dir." Er starrte empört auf sie herab. „Ich bin *nicht* so, wie du die … anderen beschrieben hast!" Sie lächelte: „Das kann ich glauben oder auch nicht. Ich kenne dich ja nicht." Er schüttelte die Haare in den Nacken und schlug vor: „Na, dann lern mich eben kennen!" Erheiterung schlug in einer Welle in ihr hoch, sie lachte leise. „Danke, Kleiner, aber ich glaube, ich kann auf alles verzichten, was über eine sogenannte Hallo-Bekanntschaft hinausgeht. Ich kann mir nämlich nicht vorstellen, dass sich die Interessen eines siebzehnjährigen Gitarristen auch nur peripher mit denen einer zweiundzwanzigjährigen

Büchereisklavin decken. Vergiss auch dieses, oh Carlos", schloss sie. Er lief rot an, murmelte etwas auf der Linie von „Ich habe verstanden" und entfloh. Sie sah ihm kopfschüttelnd nach, beinahe ein wenig traurig. Irgendwie war er ja nett …, aber eben nur irgendwie. Und sie kannte ihn ja wirklich nicht, und das war auch besser so, wenn sie die Gesellschaft bedachte, in der er sich normalerweise befand. Sie gähnte. Tödliche Erschöpfung, lähmende Müdigkeit, das war es, was die Gesellschaft solcher Leute ihr brachte. Sehnsüchtig warf sie einen Blick auf die Uhr. Wann würde sie endlich von den Qualen hier erlöst sein? Die Uhr meinte, in einer Minute. Sie überprüfte diese Ansicht auf ihrer Armbanduhr. Diese war mit der Wanduhr der Bibliothek einer Meinung. Es war an der Zeit, den Fremden hinauszuwerfen. Gähnend wanderte sie in Richtung der dunklen Ecke.

„Ja, um Gottes Willen, was haben Sie denn mit Ihren Händen gemacht?" Die Stimme durchdrang die zeitlose Ruhe, mit ihr materialisierten das Rauschen des Regens, der starke Geruch nach Mensch, das dumpfe Licht, der raue Buchrücken in seiner wunden Handfläche. Beinahe erschrocken sah er auf. Sie stand keinen Meter entfernt, ihr Duft umgab ihn wie eine betäubende, berauschende Wolke. Ihr Hals und Ausschnitt strahlten aus dem Dunkelrot ihrer Haare und dem Dunkelblau der Samtbluse. Sie starrte fassungslos auf … – er folgte ihrem Blick – auf seine Hände, seine verbrannten Hände. Er stellte das Buch zurück und schloss die Augen, versuchte die Umwelt auszuschalten, rang mit dem Verlangen, seinem Hunger nachzugeben. „Ich habe sie mir verbrannt, als ich vor einiger Zeit in einem brennenden Haus eingeschlossen war", erklärte er und wandte sich ihr zu. „Aber es ist nicht schlimm, sie werden bald wieder verheilt sein." Sie nickte und wich einen Schritt zurück, als fiel ihr plötzlich auf, wie nahe sie an ihn herangetreten war. „Das muss ja furchtbar gewesen sein …", murmelte sie. Eindeutig war sie der Lage in ihrer Benommenheit nicht gewachsen. „War es auch. Aber es ist noch einmal glimpflich verlaufen", sagte er und lächelte. „Alles, was bleibt, sind die hier und Albträume. Und Hände heilen und Träume vergehen." Er erstarrte angesichts der verräterischen

Glätte, mit der diese Lügen wie von selbst an das graue Licht der Bücherei drängten. Die Wunden an seinen Händen würden nur äußerlich heilen, die Albträume würden ihn noch in einer Ewigkeit quälen, denn es war seine erste Konfrontation mit dem eigenen Tod, mit der Idee der Möglichkeit seiner Vernichtung und mit der unweigerlich damit verbundenen Todesangst gewesen. Die Flammen hatten ein unauslöschliches Bild in sein Gedächtnis gebrannt, er hatte nicht gewusst, dass er zu solch einer Tiefe und Heftigkeit der Gefühle fähig war. Sie musste den Betrug bemerken, musste das Flackern der Flammen sehen, das Tosen des Infernos, musste *bemerken* ... Sie nickte, ihr Blick traf ihn wie aus weiter Ferne. Er spürte Enttäuschung in sich aufsteigen, so überraschend wie irrational, musste sich einem heftigen Impuls widersetzen, diese junge Frau aufzuwecken, nicht nur aus ihrer schweren Müdigkeit, sondern aus der wohlbehüteten Lethargie zu reißen, in der sie zu leben schien. Er hatte den Eindruck, als existierte sie auf Sparflamme. Vielleicht würde er versuchen, sie von diesem Existenzminimum loszulösen, wenn er seinen ärgsten Hunger gestillt hatte. „Ich wollte auch eigentlich nur sagen, dass wir ..., dass wir zusperren. Haben Sie gefunden, wonach Sie gesucht haben?", sagte sie. „Nein, aber es gibt Schlimmeres. Manchmal ist es besser, man findet die Dinge nicht, nach denen man sucht", antwortete er. Auf einmal hatte er es eilig, von hier wegzukommen. Er zog Mantel und Handschuhe an, nahm den Hut, setzte die Sonnenbrille auf. „Auch keine Information ist Information", stellte er fest und ging, nachdem er sich mit einem höflichen „Guten Abend" verabschiedet hatte. Er befürchtete, zu viel zu sagen, Dinge zu sagen, die nicht gesagt werden durften, die aber auf einmal aus ihm herausdrängten. Es war besser zu gehen, bevor er diesem Drang erlag.

Er spürte ihr Nahen, bevor er sie hörte; er hörte sie, ehe er sie roch; und ihr Duft hüllte ihn ein, ehe sie bei ihm ankam. Sie hatte sich angepirscht, trachtete ihn zu überraschen. Mit spöttischem Lächeln harrte er aus, nur seine Nasenflügel bebten ein wenig, man hätte meinen können, es gäbe sie nicht, die sich anschlich, so leise es ihr möglich war. Er spürte ihre wilde Freude, ihre Spannung, ob der Streich gelingen würde, den zu spielen sie im Begriff war. Er fühlte ihren aufgeregten Atem, hörte ihr Herz schlagen, zu schnell schlagen, da wisperte sie: „Hey!" Er drehte sich zu ihr um, und sein Lächeln gefror. Gedankenschnell hatte sie ihm die Sonnenbrille von der Nase geschnappt, leuchtete ihm mit einer Taschenlampe ins Gesicht. Für Augenblicke stand die Welt still, das Licht bohrte sich mit grausamer Härte in seine Augen. Glühend sank es in seine Haut, brannte sich tief ein, drohte seinen Kopf zu sprengen. Dann hatte er die Augen geschlossen, fühlte es seine Haut versengen, ohne sie zu verändern. Kein Mensch konnte die Qualen erahnen, die der schwache Schein einer billigen Taschenlampe hervorrief. Er wandte sich ab, hob die Arme schützend zwischen sein unbedecktes Gesicht und die Lichtquelle. „Dreh das ab!", brachte er zwischen zusammengebissenen Zähnen hervor. Sie versuchte, die Barriere seiner Arme und Hände zu durchbrechen. „Aber ich will dich auch einmal in ordentlichem Licht sehen, ohne Sonnenbrille ...", sagte sie. Ein Lichtstrahl fand eine Ritze, drang in sein Innerstes vor wie ein glühender Speer. „Dreh das ab!", wiederholte er, und obwohl er seine Stimme nicht erhoben hatte, war sie voller Schärfe. Die Taschenlampe erlosch. „Gib mir das!", befahl er und streckte eine Hand danach aus, schirmte mit dem anderen Arm immer noch sein Gesicht ab. Sie reichte ihm die Sonnenbrille. Er setzte sie auf. „Das andere!", verlangte er. Widerwillig legte sie die Taschenlampe in seine Hand. Er atmete tief durch und ließ den Arm sinken, fühlte, wie die kühle Nachtluft in ihn eindrang, die Wunden heilte, die das Licht in ihn geschlagen hatte. Er sah sie an, die Lippen fest aufeinandergepresst, ein unerbittlicher Zug um seinen Mund – das Einzige, was sie unter dem Schatten von Hut und Sonnenbrille erkennen konnte. „Mach so etwas nie wieder", sprach er, leise und voll verhaltener Wut, mit drohend weicher Stimme. „Nie wieder, verstehst du?" Hätte er ihr Leben nicht so dringend gebraucht, dieser achtlose Scherz wäre ihr Ende gewesen. Sie seufzte unbehaglich und beleidigt und murmelte ein widerwilliges „Ja, jaja, schon gut ..." Er schnitt ihr das Wort ab, eine behandschuhte Hand packte sie im Nacken, zog ihren Kopf unsanft zurück, sodass sie ihm ins Gesicht sehen musste, auf die blanken Gläser der Sonnenbrille, hinter denen seine Augen in kochendem Zorn aufblitzten. „Ich sagte *nie wieder*, hast du mich *verstanden?*" Er fühlte, wie ihr Atem stockte, wie sie erstarrte, wie Angst in ihr aufstieg und ihren Puls beschleunigte. Er hatte sich nicht unter Kontrolle gehabt. Er hatte einen Fehler gemacht. Diese Erkenntnis durchfuhr ihn, dämpfte seinen Zorn. Fehler dieser Art konnten seinen Tod bedeuten. Fehler dieser Art konnten ihn zu ewigem Hunger, zu ewigem Verlangen verdammen. Fehler dieser Art konnten ihn dieses Mädchen kosten, und das war schlimm genug. Er ließ ihre Haare im Nacken los, wich einen Schritt zurück, lächelte unsicher. Er ließ seine Fingerspitzen sacht über ihre Wange gleiten, über ihren Hals. Er spürte das wild pulsierende Blut in ihren Adern. „Entschuldige", bat er sie. „Vergib mir meine Rohheit. Ich wollte dich nicht erschrecken – zumindest nicht so sehr." Er roch, wie sich ihre Angst legte, wie sie sich beruhigte. „Es ist nur ... ich bin sehr lichtempfindlich. Familienkrankheit. Es ... es schmerzt. Ich laufe nicht zum Spaß mit den Gläsern und dem Hut herum", erklärte er. Sie hatte den Schrecken überwunden, sie lächelte zurück und fragte: „Du erträgst gar kein Licht?" Er nickte und deutete gegen den Himmel: „Höchstens Mondlicht, denn das ist kaltes Licht." Sie sah ihn aus großen Augen an, Lachen in ihrer Stimme: „Dann schlage ich vor, wir gehen irgendwohin, wo nur der Mond scheint, damit ich dich sehen kann. Es ist ein bisschen mühsam, mit Sonnenbrillen zu reden." Eine Welle der Dankbarkeit überrollte ihn, Dankbarkeit für dieses naive Wesen, das ihm einen Trumpf nach dem anderen in die Hände spielte. „Komm, erzähl mir von deinem Tag, während wir gehen", forderte er sie auf, und sie kam dem gerne nach, ein Schwall von Erzählungen sprudelte aus ihr heraus, über die Schularbeit, über Lehrer, Eltern, Mitschüler, Freunde. Sie redete und redete, er musste nur hie und da eine Frage einwerfen, schon ergoss sich die nächste Flut von Information über ihr Leben. Ihm wurde klar, dass er mit der Aufforderung, etwas zu erzählen, auf eine reiche Quelle gestoßen war, dass es Sunnas natürliches Bedürfnis war, etwas zu erzählen. Sie saßen auf einer Parkbank, fernab funktionierender Straßenlaternen. Erste Grillen zirpten im Gebüsch, letzte frühlingshafte Blüten dufteten. Und sie redete und redete und war so gefangen in ihren Erzählungen, dass ihr die Unruhe ihres Zuhörers nicht auffiel. Er spürte, wie die Zeit verging, wie er bald allein sein würde, denn sie hatte an diesem Tag nur wenig Zeit, da der nächste sehr anstrengend sein würde. Und dabei wuchs sein Hunger ins Unerträgliche. Wenn er nicht in dieser Nacht ein wenig gestillt wurde, wusste er nicht, was geschehen würde. Voll Unbehagen erinnerte er sich daran, wie er die Kontrolle verloren hatte, wenn auch nur für einen Augenblick. Sie erzählte von einem Freund, der in einem Geschäft arbeitete, wo ... Er hob die Hand, fuhr ihr sacht mit den Fingerspitzen über das Gesicht, Stirn, Augen, Mund. Sie verstummte, brach mitten im Wort ab, ihre Augen wurden starr. Sie war in tiefe Trance gefallen, nach der sie sich an nichts erinnern würde, das während ihrer Dauer vorgefallen war. Wie gut, dass es schon Stechmücken gab, es würde aussehen wie Insektenstiche ... Er schob den Schal zur Seite, zögerte, doch dieses Zögern dauerte nur einen Moment, dann beugte er sich über sie, sein Hunger ein gewaltiges, unausweichliches Drängen. Sie zuckte zusammen, als die scharfen, spitzen Zähne ihre weiche Haut am Hals durchdrangen, Blut quoll aus der Wunde, warmes, frisches, lebendiges Blut, die Essenz allen Lebens. Simeon Amon nahm mit ihm Kraft und Freude, Energie und Sein in sich auf, trank mit gierigen Schlucken die lebensnotwendige, für seinesgleichen alles andere als selbstverständliche Intensität des Lebens.

Ein Buch wurde auf den Tisch geknallt, dicht gefolgt von einem lindgrünen Papierquadrat – der Karteikarte des Kunden. Serena, an diesem Tag zum Sitzjob verdammt, nahm Buch und Karte, ohne aufzusehen. Das Buch war „Dracula" von Bram Stoker. Diesen Schinken hatte sich schon jahrelang niemand mehr ausgeborgt. Vor den halbgeöffneten Fenstern der Bibliothek sangen Vögel ihr Abendkonzert, obwohl die Sonne noch hoch am Himmel stand. Warme Sommerluft strich durch die Bücherschluchten. Bald war ihr Frondienst in der Bücherei für den

Tag beendet. Sie würde einen Spaziergang machen, denn es war der erste Tag seit mehr als einer Woche, an dem es nicht geregnet hatte, und das musste gefeiert werden. Außerdem war diese Woche zum Weltwunder erklärt worden, ehrenhalber, weil … „Was sagst du zu meiner Buchwahl?", unterbrach eine Stimme ihre friedliche, wohlgelaunte Gedankenkette. Sie sah auf und lächelte. „Hallo, Chuck. Was soll ich schon dazu sagen? Außer, dass ich dich nicht bei den Gruftis eingereiht hätte? Dass die sowas lesen, hätte ich angenommen. Aber du? Was willst du damit? Hast du deinen Englischlehrer verärgert?", wollte sie wissen. Er seufzte kryptisch und schaute sich im leeren Raum um. „Nein. Es ist eine Zeit der Verwirrungen", stellte er fest und sah bedeutungsvoll auf sie herab. „Die Welt steht Kopf. Nichts ist mehr wie früher, die einfachsten Prinzipien geraten aus den Fugen." Sie zog verwundert die Brauen zusammen. Seit jenem verregneten Abend vor über einer Woche hatte sie Karl nicht gesehen, eigentlich hatte sie erwartet, nie wieder ein anderes Wort als „Hallo" mit ihm zu wechseln. Ihr Sarkasmus schien ihn zu sehr verärgert zu haben. Und jetzt das. „Weißt du, das hab' ich mir auch gerade gedacht", stimmte sie zu und musterte ihn ratlos. „Aber wie kommst du darauf?" Abermals sah er sich prüfend um, als befürchtete er, belauscht zu werden. Dann lehnte er sich vertraulich quer über den Tisch, stützte seine Unterarme vor ihr auf und sah ihr aus nächster Nähe mit übertriebener, unfreiwillig komischer Tragik in die Augen. „Ich will es dir erklären", murmelte er, als ob die Wände und Regale gespickt mit Abhörgeräten wären und der Feind eifrig mithörte. Serena verbiss sich mit Mühe ein Grinsen, als ihr der Satz „Big Brother is watching you" einfiel und in dieser Situation zugleich grotesk und erschreckend akkurat erschien. Sie schenkte ihm ihren unschuldigsten, neugierigsten Augenaufschlag. Er holte tief Luft und begann seine geflüsterte Aufzählung: „Erstens kennt noch immer niemand den Freund deiner Schwester. Niemand hat ihn gesehen, außer hie und da in ihrer Gesellschaft. Mehr hie als da, wenn mir der Kommentar erlaubt ist. Zweitens ist sie noch immer seine Freundin, obwohl die übliche Woche eindeutig schon vorbei ist. Drittens hat es urlang am Stück geregnet, und das Ende Mai, Anfang Juni! Viertens verstehe ich mich mit Sunna wieder sehr gut, jedenfalls gehöre ich nicht länger zu der Schar der Fliegen, die an ihrem Leim kleben. Fünftens habe ich mich gestern mit der Band gestritten und bin jetzt geächtet. Das wäre ja alles zwar nicht alltäglich, aber jedenfalls nicht weltbewegend." Er schaute sich wieder um und rückte ein Stückchen näher. Serena widerstand heldenhaft dem Impuls, sich zurückzulehnen. Seine Aufzählung war beachtlich. Serena kannte Knäblein, die ihrer Schwester nach einem Jahr nachjammerten, und andere, die ihr nie verziehen hatten. Andererseits überraschte sie die Information nicht, denn Sunna hatte ihr von all diesen Ereignissen bereits erzählt. „Jetzt kommt das Mysterium dieser Zeit des Chaos!", verkündete er in kaum hörbarem Flüstern. „Die verrückten, unvorhersehbaren und fast einlullend unscheinbaren Geschehnisse der letzten zehn Tage!" Wieder ein paranoider Blick über die Schulter. „Sechstens nämlich, kommt mir vor, deine Schwester verblasst schön langsam." Serena schnappte nach Luft und lehnte sich zurück, starrte Karl aus sicherer Entfernung kopfschüttelnd an. „Könntest du mir das genauer erklären, bitte?", forderte sie. Ein unerwünschtes Gefühl des Verstehens hatte sie bei seiner Offenbarung ergriffen, als wären genau das die Worte für die kaum merkliche Veränderung, die auch ihr aufgefallen war. ‚Nichts ist dir aufgefallen!', wies sie sich in Gedanken zurecht. Woher kam dann die eigenartige Vertrautheit, die sie bei seinen Worten überkommen hatte? „Ich meine genau das, was ich sage", stellte Karl fest und zog verärgert die Brauen zusammen. „Und du weißt genau, was ich meine. Sie wird immer weniger lebendig. Heute hat sie mich sogar schon an deine stoische Art erinnert. Oh, es ist durchaus im Bereich des Normalen, ich weiß ... Noch, zumindest ..." Er winkte ab. Bevor er fortfahren konnte, schlug Serena vor: „Vielleicht wird sie ja krank. Bei all dem Regen kein Wunder, oder?" Ihr Einwand kam ihr selbst hohl und unecht vor. Wenn Sunna krank wurde, war sie vorher schlecht gelaunt, und das dafür heftig. Es war nicht dieses stille Verblassen, dieses langsame Nachlassen ihrer ... ihrer Intensität.

Woher hatte sie dieses Wort? Woher kam der Ausdruck Intensität? Genau, Sunnas neuer Freund hatte gemeint, dass sie genau diese auszeichnete. „Nein, das ist es nicht", stellte Karl fest und steckte seine Karteikarte in das Buch. „Es ist mehr, als ob jemand ihre Lebenskraft anzapfen würde." Er klopfte auf das Buch, bevor er es in die Tasche steckte. „Wie ein Vampir. Deshalb lese ich mir das einmal durch. Weil, wenn es nicht sowas ist, dann sind es Drogen", erklärte er abschließend. Serena schüttelte impulsiv den Kopf. Nein, Drogen bestimmt nicht. Nicht Sunna, niemals. „He, Chuck, du hast von mehreren Ereignissen gesprochen!", rief sie hinter ihm her. Er blieb vor der Türe stehen, drehte sich unentschlossen um, als hätte er gehofft, dass sie die Mehrzahl von vorher vergessen hatte. „Na ja ..." sagte er langgezogen. „Chuck, spuck's aus! Nicht zuerst großartig ankündigen und dann ... plopp", rügte Serena, die sein zur Schau gestelltes Unbehagen erheiterte. Er zögerte und äußerte mit tragender Grabesstimme: „*Noch* lachst du." Er kehrte zum Tisch zurück, schaute sich dabei wieder einmal prüfend um. Im nächsten Moment war sein Gesicht wenige Zentimeter von Serenas entfernt. „Aber *das* wird dich erschauern lassen. Höre: Das Idiotischste, was in dieser Zeit des Chaos geschehen ist, ist dies: Der siebzehnjährige Gitarrenwürger wird das Gefühl nicht los, dass er sich in die zweiundzwanzigjährige Büchereisklavin verliebt hat. Denk drüber nach!" Serena schnappte nach Luft und starrte auf die Türe, durch die er den Raum fluchtartig verlassen hatte, rot im Gesicht und keine Reaktion abwartend. Das war eine Überraschung der zweiten Kategorie – GUP – Gänzlich Unerwartete Penetranz, wie Serena es nannte. Sie war froh, nicht reagieren zu müssen. So konnte sie sich eine diplomatische Ausdrucksweise für das Resultat ihrer Überlegungen zurechtlegen. Diese Überlegungen würde sie beginnen, sobald sie zu etwas anderem in der Lage war, als baff nach Luft zu schnappen, den Kopf zu schütteln und sich ‚Um Himmels Willen, bitte *nein!*' zu denken.

Die Sonne war untergegangen. Orangerot flammender Dunst hing am westlichen Himmel, die Ranken der Weinstöcke und das Astwerk des Waldes waren schwarze Silhouetten vor seinem

Strahlen. Vereinzelte Vögel zwitscherten. Der letzte Widerschein der Sonne ließ die Glasperlen aufblitzen, gab den langen Ketten um Serenas Hals kurzes Leben. Sie war auf dem Weg nach Hause, ihre Schuhe und Jeans schlammig. Sie ging einen Fahrweg entlang, rechts von ihr der glühende Abendhimmel über den wuchernden Reihen der Weingärten, links letzte Ausläufer des Waldes, abgelöst von einer weiß getünchten Mauer. Rosen wucherten über die obere Kante, wie überschäumend. Ihr Duft hing in der Abendluft. Rot, gelb und weiß leuchteten sie dumpf im Zwielicht. Ein Lufthauch strich über die Mauer, die Rosen schwankten, ihr süßer, schwerer Geruch umhüllte Serena mit neuer Intensität. Der Lufthauch war kühl, fröstelnd zog sie ihre Lederjacke enger, was jedoch nicht viel brachte. Die Jacke war vom Flohmarkt, dunkelweinrot, ohne Futter, taillenlang, nietenbesetzt, mit Fransen an Ärmeln und Schultern – obwohl die schon ziemlich gerupft wirkten – und durchlöchert, als hätte sie einem Western-Bösewicht gehört, dessen Anverwandte sie nach dem für ihn tödlichen Showdown zu jenem Flohmarkt gebracht hatten. Man sah diese zahllosen Löcher nur, wenn man sie suchte, und normalerweise war sich Serena ihrer Anwesenheit nur bewusst, wenn ihre Vorgesetzte in der Bibliothek ihr Vorwürfe wegen ihrer furchtbaren Kleidung machte. Sie war eben ihrer Zeit voraus. In ein paar Jahren würde sie mit ihrem Flower-Power-Stil voll und ganz im Trend liegen, da war sie sicher. Der leichte, ernüchternd kalte Abendwind pfiff gnadenlos durch die Löcher der Jacke. Es war nur ein Windstoß, und er hatte sie ungebremst erfasst, weil sie gerade neben dem Tor war. Es war ein schmiedeeisernes Tor, fein gearbeitet und schwarz lackiert. Sie blieb stehen und sah durch die Metallstäbe in den Garten. Das Tor war frisch gestrichen, seine verworrenen Strukturen waren von rankendem Unkraut befreit, ebenso die alten, üppigen Rosenstöcke. Die Wiese war geschnitten, der Obstbaum von wildem Wein und Misteln gesäubert. Die Blumenbeete vor den Hauswänden waren üppig, bunt, gepflegt. Das Haus und die Gartenmauer waren frisch getüncht. Die Fenster waren blank, die Läden dunkel gebeizt, das eingesunkene Dach nicht mehr löchrig.

Über der Türe stand etwas in schwarzer Schrift auf der weißen Tünche. Sie trat dicht an das Tor heran. Als sie vor einem Monat das letzte Mal vorbeigekommen war, war der Garten eine Wildnis gewesen, das Haus baufällig. Sie sah auf die fünfeckigen Steinplatten, die einen Pfad vom Gartentor zur Haustüre bildeten, Pentagramme in sie geritzt. Irgendjemand hatte an diesem Haus und seinem Garten ein Wunder vollbracht, hatte es ins Leben zurückgerufen. Wie eine Perle schimmerten sie in der Dämmerung, im Dickicht des Waldes dahinter saß schon die Nacht. Sie sah auf die Inschrift über der Türe, ihre Hände an den schmiedeeisernen Ornamenten des Tores. Es war eine Schrift, die sie noch nie zuvor gesehen hatte. Es schienen ihr zwei Zeilen zu sein, und ihre fremdartigen Linien und Kringel bannten ihren Blick. Rundungen, Schnörkel und Schwünge prangten auf der weißen Tünche der Hausmauer, rätselhaft klar und mystisch deutlich. Und absolut unleserlich. Der westliche Himmel hinter Serena färbte sich zu sattem Purpur, in der Stadt ging jetzt wahrscheinlich die Straßenbeleuchtung an. Das Häuschen schimmerte weich im Zwielicht, die geheimnisvolle Inschrift war gut zu lesen – wenn man sie lesen konnte. Der Abendstern erstrahlte im Tiefblau des Himmels neben dem weißen Schornstein des Hauses. Serena schüttelte den Kopf und wollte weitergehen, da öffnete sich die Haustüre. Sie erstarrte, ihre Hände verkrampften sich um die Metallstreben, einen Augenblick befürchtete sie, ihre Knie würden nachgeben. Dieser Moment des Erstarrens, der Schwäche, war so schnell vergangen, wie er gekommen war, und Serena fragte sich, was ihn hervorgerufen hatte, was das stille, aber intensive Entsetzen ausgelöst hatte. Es war der neue Freund ihrer Schwester, der dort in der Türe stand, ebenso erstarrt wie sie, ein wirrer Ausdruck in seinem Gesicht, das ohne die Sonnenbrille eigenartig schutzlos wirkte. Ein wenig Angst schien unter der äußerlichen Ruhe seiner Miene zu schwelen, nein, nicht ein wenig, sondern genau die kopflose, Verstand raubende Panik, die sie gefangen hielt, zugleich eine sonderbare Spannung, als erwartete er etwas Besonderes, noch nie Geschehenes, Unerdachtes. Er hielt die Türklinke fest, die andere Hand war um den

Ring eines großen Schlüsselbundes verkrampft – wie ihre Hände um das Tor. Sie fühlte ihr Herz in derselben explosiven Mischung aus Panik und Erwartung schneller schlagen und zwang sich das Tor loszulassen. Es war, als hätte sie damit einen Bann von ihm genommen. Er zog die Türe zu, ohne den Blick von ihr abzuwenden. Schlammige Hosenbeine, eine geblümte Bluse, eine kurze Jacke, ihre Haare fast noch röter als das verblassende Abendrot, ihr Gesicht rund und weiß bis auf eine leichte Rötung ihrer Wangen, ihre Augen aufgerissen, der Mund einen Spalt geöffnet, um ihren schnellen, flachen Atem nicht in der etwas verstopften Nase stocken zu lassen. Er sperrte die Haustüre zu, das Bild vor Augen, als hätte er sich nie umgedreht. Sie blieb stehen, ratlos. Er spürte ihren Ärger über die unerwartete Angst, die plötzliche, gespannte Erwartung. Er roch ihr Unbehagen, in Wellen ging der Geruch nach peinlich berührter Unentschlossenheit von ihr aus. Auch er war erschrocken, als er sie dort stehen gesehen hatte, hatte etwas erwartet, er wusste nicht, was. Er wusste auch jetzt nicht, was er tun sollte. Er hörte förmlich Sunnas Stimme: ‚Meine Schwester sieht aus wie Janis Joplin.' Er hatte nicht gewusst, wer diese Janis Joplin gewesen war, er hatte es allerdings inzwischen herausgefunden. Er wusste also, wer an seinem Gartentor stand. Er drehte sich um. Sie stand noch immer dort, na ja, er hatte es ja gewusst. Wie in Zeitlupe ging er auf das Tor zu, von Stein zu Stein, das Gras war nass. Sie beobachtete ihn. Vor dem Tor blieb er stehen, suchte den Schlüssel. Er musterte sie unauffällig unter den Haaren hervor, versuchte mehr zu erfahren, ob sie von Sunna geschickt worden war, ob sie etwas erraten hatte, was ihn betraf, ob sie nur zufällig hier war. Er aktivierte alle Sensoren, die er für diese Art der Arbeit hatte, witterte, analysierte jedes Detail ihrer Haltung, Mimik, Ausdünstung. Was er erfuhr, was er roch, sah, spürte, waren Verwirrung und Unbehagen. Das Unbehagen wuchs, anscheinend wusste sie nicht, was sie hier eigentlich sollte. „Du bist Sunnas Schwester", sagte er seiner Intuition folgend.

Sie zuckte zusammen, nickte ertappt, als sei sie eines Verbrechens überführt worden. „Ich war spazieren. Wo es doch endlich nicht mehr regnet ... Ich bin vorbeigekommen und habe mir gedacht ..." Sie brach ab, zog verwirrt die Brauen zusammen. Was hatte sie gedacht? Hatte sie überhaupt gedacht? Sie warf ihm einen beunruhigten Blick zu. Er stand hinter dem Tor, ruhig, ernst, als wäre er gewöhnt zu warten, als spielte Zeit keine Rolle. Er war nicht mehr so totenbleich wie an dem Abend in der Bücherei, der Hauch einer Rötung lag auf seinen Wangen wie der Widerschein der Abendsonne. Im rasch schwindenden Zwielicht wirkten seine Augen wie schwarze Seen im diesigen Schimmer von Haaren und Gesicht. Dieses Gesicht hatte etwas Bannendes wie die Inschrift ... Ihr Verharren hatte wieder einen Grund. Sie räusperte sich, wusste nicht, wie lange sie stumm gestarrt hatte, fühlte, wie ihr Röte ins Gesicht schoss.

„Ein Wunder", sagte sie, deutete auf das Haus, den Garten, die Mauer. „Wie ich das letzte Mal hier war, hat das alles ausgesehen wie die alten Maya-Tempel im Urwald – überwuchert und baufällig. Und jetzt ..."

Er sah sich um, lächelte leicht. „Es war nicht schwierig ... neue Farbe ... das Unkraut ausreißen ... der Regen war sehr gut ..." Seine Stimme verlor sich. Mit hartem Knirschen drehte sich der Schlüssel im alten Schloss. Das Tor quietschte unirdisch, als es aufschwang. „... außer für so Dinge wie Türangeln", fügte er hinzu. Sie schien ihn nicht gehört zu haben. Wie gebannt starrte sie auf die schwarzen Zeichen über der Haustüre. Er sperrte das Tor hinter sich zu, stand neben ihr, die ungebetene Aufregung und Spannung breiteten sich wieder in ihm aus. Eine Fledermaus verließ eine Nische unter dem Dach und flatterte in die Dämmerung.

„Und ich habe mich gefragt, was das über der Türe heißt. Ich habe noch nie solche Schriftzeichen gesehen", sagte Serena und riss den Blick von ihnen los. Sie verschwammen ohnehin schon in der Dämmerung. „Sie sind sehr alt. Ich weiß nicht mehr, zu welcher Sprache sie gehören, ... aber was das dort heißt, weiß ich noch. Es heißt:

‚Das Leben liegt am Ende des Tages, Am Ende der Nacht liegt der Schlaf.'"

„Das Leben liegt am Ende des Tages, Am Ende der Nacht liegt der Schlaf", wiederholte sie gedankenverloren und sah wieder zur Türe, obwohl sie dort nichts mehr erkennen konnte. Er fühlte tiefe Unruhe in sich. Er hätte es nicht sagen dürfen. Wie hatte er dieser Person so etwas sagen können? Was war in ihn gefahren? Erschrocken musterte er sie. Sie merkte es nicht, sie war in der Betrachtung der Inschrift versunken, die sie nicht mehr sehen konnte. Sie schien jetzt eigenartig ruhig, sicher, nicht länger nervös und unbehaglich. Er schüttelte leicht den Kopf, wollte etwas sagen und wusste nicht, was. Sie stand wie zuvor am Tor, die Hände an den Stangen, der Ausdruck ihres Gesichts versetzte ihm einen kleinen, nicht ganz unangenehmen Schock. Er schüttelte abermals den Kopf, diesmal jedoch heftig, und wandte sich ab. Er entfernte sich leise, aber eilig. Das Verlangen zu sprechen hatte ihn gepackt, und er wusste nicht, ob er sprechen durfte, endlich sprechen durfte. Er wusste es noch nicht. Ein Plan war in ihm erwacht, ein Plan, der ihm das notwendige Wissen verschaffen würde. Es war riskant, doch war er sicher, dass sich diesmal ein wenig Risiko auszahlte. Dass sich sogar sehr viel Risiko bezahlt machen würde. Seine Schwester hätte ihren Sinnen nicht getraut, hätte sie von seinem Plan erfahren, hätte es nicht fassen können, dass er, der kühl Berechnende, der Vernünftige mit dem klaren Kopf, der an Ängstlichkeit grenzend Vorsichtige, sich in solch einen Wirbel von ungelösten Fragen und losen und unordentlich bedachten Handlungsfäden warf, in denen er sich jederzeit verstricken konnte. Er drehte sich um, sah zurück. Sie stand unverändert dort, in der Dunkelheit des Sommerabends. Er musste Gewissheit haben. Und das besser gestern als heute.

Sie wachte mitten in der Nacht auf, ohne zu wissen, warum. Dunkel ruhte ihr Zimmer um sie, das Licht der Straßenlaterne vor ihrem Fenster drang durch die dicken Vorhänge und ließ die Schatten noch tiefer erscheinen. Das Haus lag in einer engen, entlegenen Gasse, und so war die absolute Stille keine Seltenheit, in der ihr Zimmer zu warten schien. Auf einen Laut zu warten schien. Die Ruhe war die Ruhe vor einem Schrei. Vor einem entsetzten, wilden Schrei. Serena erstarrte in ihrem Bett und lauschte angestrengt. Der erwartete Schrei kam nicht. Das einzige Geräusch in der erstickend schweren Stille war das Ticken ihres Weckers. Nach ungewisser Zeit hielt sie es nicht länger aus. Sie stand auf und ging zum Fenster, sah durch den Spalt zwischen den Vorhanghälften hinaus. Stumm und leer ruhte die Gasse im Schein der Straßenlaternen. Serena wandte sich seufzend von diesem Bild trügerischen Friedens ab. Ob Sunna schon zu Hause war? Die Türe quietschte, als sie sie öffnete. Sie schlich barfuß über den eisigen Steinboden im Gang. Sunnas Türe war geschlossen. Sie schwang lautlos auf. Das Fenster war offen, der kühle Nachtwind spielte mit den weißen, dünnen Vorhängen, die im Licht der Straßenbeleuchtung strahlten. Sunna lag im Bett, eine Hand stak über den Rand. Ihr Gesicht war zur Wand gedreht, obwohl sie auf dem Rücken lag. Ihre blonden Locken bedeckten wie zurechtgelegt ihren Hals. Serena trat näher, der Holzboden quietschte, ihr Atem pfiff unregelmäßig und laut durch die verstopfte Nase. Sunnas Augen waren weit geöffnet. Ihr Gesicht trug einen ernsten, gefassten Ausdruck. Serena beugte sich über sie und drehte ihren Kopf, bis sie das Gesicht mit den starren Augen im Schein der Straßenlaternen sah. Die goldenen Locken rutschten zur Seite. Serena ließ Sunnas Kinn los. Das Gesicht drehte sich wieder zur Wand. Sie war kalt und starr. An ihrem jetzt unbedeckten Hals zeigten sich zwei dunkle Punkte über der Schlagader. Serena streckte eine widerwillige Hand aus und strich leicht über die etwa reißnagelkopfgroßen Punkte. Es fühlte sich an, als wären es Krater, so starr wie der Rest von Sunna. Serena wich zurück, starrte auf die weit geöffneten Augen im ernsten Gesicht ihrer Schwester und holte tief Luft.

Der entsetzte, wilde Schrei zerschnitt die wartende Stille der Nacht. Ein Schatten löste sich aus den umgebenden Schatten eines Haustores und eilte die Gasse entlang. Als der Schrei verklang und die ersten Fenster sich öffneten, war er auf dem lehmigen Fahrweg, im Finstern jenseits der Straßenbeleuchtung. Niemand sah die Gestalt, dunkel im Dunkel, in leicht geduckter Haltung, wie ein Wolf zwischen Angriff und Flucht, die Augen blitzend, die Lippen in einer unbewussten Geste der Angst zurückgezogen, ein Paar scharfer, nadelfeiner Fangzähne in einem sonst sehr regelmäßigen Gebiss freilegend. Dem Schrei folgte kein zweiter, niemand eilte auf die Gasse, die Fenster schlossen sich wieder, die müden Schaulustigen erkannten, dass es nichts zu sehen gab, und gingen zurück in ihre Betten. Die schattenhafte Gestalt entspannte sich ein wenig, richtete sich auf, zog sich weiter in das ungestörte Dunkel der nächtlichen Weingärten zurück. Die gespannte Grimasse war verschwunden, es war nichts zu sehen, als ein junger Mann in Schwarz, die glatten, blonden Haare etwas wirr, ein ernster, besorgter Ausdruck in seinem Gesicht. Er hatte die Dinge ins Rollen gebracht. Er konnte sie nicht mehr aufhalten. Sein Kopf drohte zu bersten vor Spannung und Angst vor dem, was geschehen würde. Es war gefährlich, es war unnötig riskant, es war unüberlegt und dumm. Wahrscheinlich hatte er in dieser Nacht ein Netz geknüpft, mit dem man ihn fangen würde. Er starrte in Richtung der Stadt und knurrte leise, ein kehliges, gurgelndes Knurren wie von einem sehr großen Hund. Seine Zähne blitzten auf. Jeder Passant hätte bei diesem Anblick die Flucht ergriffen, doch gab es zu dieser Nachtstunde keine Passanten. Der junge Mann sah sich um, als fragte er sich, was er mitten in den nächtlichen Weingärten zu suchen hatte. Er warf der leeren, stillen Gasse einen letzten traurigen Blick zu und ging eilenden Schrittes tiefer in die von Nachtgeräuschen erfüllten Weingärten. Es war unvorhersehbar, welch eine Lawine er ausgelöst hatte, indem er in dieser Nacht ein Steinchen im Weltgefüge losgetreten hatte, und es war nicht vorauszusehen, wen sie begraben würde.

Es war, als hätte sich ein Novembertag mitten in den blühenden Sommer geschlichen. Tiefe Stille lag über dem Friedhof, kein Vogel erhob seine Stimme. Leichter Nieselregen fiel in gleichmäßigen Schwaden, der böige Wind war klamm und kalt. Ein grauer Schleier bedeckte die Welt, das üppige Grün wirkte farblos und grau. Dunkle Wolken hingen am Himmel, dichte Nebel ruhten trotz des Winds über dem Land. Es war ein Tag voll feuchter Kälte und unwirtlicher Farblosigkeit, melancholisch und regenschwer, und doch beharrte der Kalender darauf, dass es sich nicht um Allerseelen, sondern um den 11. Juni handelte. Ein Grüppchen Trauernder stand bei dem offenen Grab, über dem der Sarg auf seinem letzten Lift thronte. Der Priester nuschelte monoton vor sich hin, Regenschirme tropften. Von dem nahen Hügel, auf dem der alte Teil des Friedhofs lag, sahen die Trauergäste aus wie Krähen, zerrauft und wartend. Sie waren eine Symphonie in Grau und Schwarz. Auch Serena trug Schwarz, einen langen Mantel, wie er in den Siebzigerjahren der letzte Schrei gewesen war. Ihr rotes Haar hing in regendunklen Strähnen an ihr herab, war der einzige Klecks Farbe in dem monochromen Szenario. Jetzt sah sie sich um, suchte den Hügel ab, fand ihn. Hob leicht die Hand. Ließ sie wie bei etwas Unrechtem ertappt sinken, drehte sich um. Eine weitere Gestalt kam auf die Gruppe zu, groß und schmal, das dunkle Haar zu straffem Zopf gebändigt. Der Neuankömmling blieb bei Serena stehen, sie wechselten einige Worte. Es war Sunnas Ex-Freund, er hatte ihn ein- oder zweimal gesehen. Jetzt legte er einen Arm um Serena, sie lehnte den Kopf an seine Schulter, vergrub ihr Gesicht in seinem Kragen, als der Sarg langsam in die Erdgrube gesenkt wurde. Er fühlte Zorn in sich aufsteigen. Seine Hände ballten sich zu Fäusten, das Papier in seiner Linken knisterte. Das Papier, das er am Vortag in die Schnörkel seines Gartentores gesteckt gefunden hatte. Darauf stand die Information zum Begräbnis. Sonst nichts. Nur: „Sunnas Begräbnis: Do., 11. 6., 20:30 Uhr, Friedhof St. Christophorus". Er seufzte, sah in den graublauen Abend und sehnte sich nach seinem früheren Leben. Nach dem Leben, in dem alles klar und einfach gewesen war, in dem es Regeln gegeben hatte, wie zum Beispiel: ‚Das Wichtigste ist Nahrung, größtmögliche Sicherheit, Überleben. Danach kommt das genaue Einhalten des Zeitplans.' Er hatte Prioritäten gesetzt, hatte seine aufgestellten Regeln befolgt. Es war ausgesprochen untypisch für einen seiner Art, an solch strengen, fast askesereifen Grundsätzen festzuhalten, es war beinahe skandalös in seinesgleichen Kreisen, irgendwelche Prinzipien sein Eigen zu nennen. Seine Schwester hatte an seiner Lebensfähigkeit, seiner Zukunft als einer von ihnen gezweifelt, als sie seine kühle, berechnende Natur entdeckt hatte. Seinesgleichen hing mit ganzer Kraft im Wirbel der Gefühle, deren herausragendstes der Hunger war, egal, welcher Art dieser Hunger sein mochte. Sie erlebten diesen Hunger, diese Gefühle, mit all der Intensität, die sie ihren Opfern abnahmen. Ihr größter Hunger, noch größer als der nach dem alles Leben spendenden Blut, war der nach Liebe, nach einem Gefährten, und gerade diese Note schien bei ihm gänzlich zu fehlen. Seine Kontaktscheu (deren Grund er aus seinem Gedächtnis verbannt hatte, wurde er nach einem Grund gefragt, schob er, ohne lange zu überlegen, seine Prinzipien vor, und allmählich glaubte er sich selbst) hinderte ihn entgegen allen düsteren Vorhersagen verständnisloser Artgenossen nicht an seiner Ernährung. Er klammerte sich mit derselben Intensität an die Einhaltung seiner selbsterstellten Ordnung, mit der andere in ihren wilden Gefühlswirren schwelgten, schwelgten und allzu oft eines frühzeitigen Todes durch Menschenhand starben. Es war eine verrückte Welt, in der er sein Dasein fristete, eine Welt voller Gefahren, in der er ständig Verfolgung zu befürchten hatte, eine Welt ohne Verlässlichkeit, außer der seiner eigenen Prinzipien, seiner Wertschätzung der irrationalen Zutaten seiner Existenz, und diese Regeln hatten ihn in relativem Frieden leben und überleben lassen. Und jetzt kam diese Person dort unten daher und warf all seine ewig währenden Grundsätze über den Haufen, indem sie ihn dazu brachte, dass er sie wegfegte, als wären sie nichts. Seine ganze bisherige Existenz: nichts. Er war der ungeordneten Intensität der heranbrandenden Gefühlswogen ausgeliefert, wusste sie nicht einzusetzen, wurde von ihnen hin- und hergeworfen wie ein Stück Treibholz von der Flut. Er lehnte sich gegen die Säulen der alten Steingruft, in deren Eingang er vor dem Regen Schutz fand, sah ernst und ein wenig traurig hinunter auf die Gruppe der Trauernden. Der Sarg war in der Erde, die Herde begann ihren Weg zurück unter die Lebenden. Und noch immer wusste er nicht mehr als zuvor. Er wusste nur, dass sie ihn über das Begräbnis informiert und ihm zugewinkt hatte. Vielleicht hatte er bewirkt, dass sie Trost suchend dem jungen Mann in die Arme lief. Im Augenblick befand sie sich dort. Nein, der Zettel bewies nichts. Das einzig Neue, das er seit dem ersten Schritt des wagemutigen Plans erfahren hatte, war eine Binsenweisheit, die ihm in der Theorie längst vertraut gewesen war. Und nun wurde ihm bewiesen, dass wissen und wissen zwei völlig unterschiedliche Dinge waren. So hatte er als gänzlich neu erfahren, was sein kühl denkender Kopf schon lange wusste: Dass das Schlimmste die Ungewissheit war.

Serena ließ sich von Karl hinter den anderen Trauernden vom Grab fortführen, ihr Kopf schwer und hohl. Sie hatte nicht gewusst, dass sie ihre Schwester so gerngehabt hatte. Sie sah sich um, es galt ihr Interesse nicht dem Grab, wie Karl annehmen musste, sondern der dunklen Gestalt oben am Hügel. Es war schon sehr dämmrig, doch sah sie ihn, eine Silhouette in Schwarz gegen das Hellgrau der Gruft. Auf einmal war ihr kalt, ein Schauer überlief sie, es war, als gefröre ihr das Blut in den Adern. „Was ist los?", fragte Karl. Sie schüttelte den Kopf. „Kalt", murmelte sie. Doch das war es nicht gewesen, und sie wusste es. Es war Sunnas Freund gewesen. Er hatte so einsam und verlassen gewirkt, zugleich aber düster und bedrohlich. Sie musste mit ihm reden. Wenige Meter vor dem Friedhofstor blieb sie stehen. „Ich hab' einen Ring verloren, Chuck. Wenn du mir vielleicht die Taschenlampe aus dem Auto holst? Ich kann ihn dann gleich suchen", log sie, ohne zu stottern. Karl nickte und enteilte mit dem Autoschlüssel. Serena schaute zurück. Der Friedhof lag still und leer in der Dämmerung, vielleicht war er nicht mehr dort oben ... Karl kam zurück, gab ihr die Taschenlampe. Sie zwang sich zu einem Lächeln. „Danke. Ich komm' dann nach, ich kenne den Heurigen ja ...", versicherte sie. Leichenschmaus – wie barbarisch ... Er zögerte, sie schob ihn zum Tor. „Los, beeil' dich, sag' den anderen, was mit mir ist, damit sie sich keine Sorgen machen." Er nickte. „Bis dann", murmelte er und trabte gehorsam hinter der nassen Herde her. Sie wandte sich um und lief in das dunkelnde Labyrinth heller Kieswege und schemenhafter Gräber.

Sie kam zurück. Sie kam tatsächlich zurück. Und das, wo er gerade hatte gehen wollen. Er trat zurück in den Schatten, beobachtete sie. Es hatte aufgehört zu regnen, das hatte ihn der Ausrede zu bleiben beraubt. Stille erfüllte die Nacht, die leer und leblos schien. Irgendwo hinter den bleischweren Wolkenmassen mochte der Himmel vor Abendrot glühen, doch hier unten war es schon dunkel. Das Abendkonzert der Vögel war wegen Schlechtwetters entfallen. Nur eine übermütige Amsel hatte einen Triller erschallen gelassen. Die kalte Luft hatte den Laut verzerrt, der klamme Nebel hatte ihn dumpf und tot verschluckt. Die Amsel hatte angesichts dieser stummen Feindlichkeit ihre Ambitionen hinsichtlich eines Soloabends fallen gelassen und war davongeflogen. Die Leere der Nacht hatte sich wieder ungestört über den Ort der ewigen Ruhe gesenkt, der einzige Frevler verharrte im Schatten und lauschte auf das kaum hörbare Geräusch nahender Schritte. Sie kam hinter einer Hecke hervor und den Hügel hinauf. Sie folgte nicht den geisterhaft schimmernden Kieswegen, sie ging quer über die Grabplatten auf die Steingruft zu, in deren Schatten er wartete. Er wich gegen das Gittertor der Gruft zurück, als könnte sie ihn sehen, wie er sie sehen konnte. Was machte sie hier? Warum kam sie zurück? Warum ging sie nicht mit ihren Verwandten zum Leichenschmaus? Warum … warum … warum …? Und warum – wenn er schon beim Stellen derartiger Fragen war –, warum würde sie ihn noch hier finden? Und warum störte ihn das überhaupt? Die letzte Frage hätte er sich beantworten können, doch jetzt blieb sie vor der Gruft stehen, ihr Atem ging schnell. Reglos beobachtete er, wie sie eine Hand ausstreckte, in den Schatten tastete, zögernd, zaudernd.

Die Gewissheit breitete sich in Serena aus, dass er nicht mehr da war. Wieso sollte er auch? Auf einmal war ihr ihr blindes Tasten unangenehm. Er war bestimmt nicht mehr da. Alles, worauf ihre Hand stoßen würde, war wahrscheinlich eine große Spinne, die sie dann beißen würde. Serena hasste Spinnen wie die Pest. Sie sollte wenigstens die Taschenlampe aufdrehen, die sie mit der anderen Hand umklammert hielt, um Kontakt mit diesen Tieren und ihren Netzen zu vermeiden, doch würde das ihre Nachtsicht auslöschen. Ein unwirklicher Schimmer im Nebel hatte sie den Weg hierher finden lassen, war ihr im tiefen Schatten der Gruft aber nicht mehr hilfreich. Der Gedanke, durch den Lichtkegel aufzufallen, war ihr unangenehm. Ihre Hand hielt wie von selbst inne, schwebte im undurchdringlichen Schatten, etwa in der Mitte des Tores, verharrte dort unentschlossen, als Serena plötzlich die Leere der Nacht auffiel. Nur Nebel und Stille schienen in ihr zu bestehen, keines der üblichen Sommergeräusche. Serena verwünschte sich für die Schnapsidee zurückzukommen. Der Gedanke an einen Leichenschmaus kam ihr nicht länger barbarisch, sondern genial vor. Sie beschloss, dem unheimlichen Friedhof den Rücken zu kehren. Sie konnte Friedhöfe ohnehin nicht leiden. Sunna hatte sie romantisch gefunden, eine Meinung, die Serena nie geteilt hatte. Sie fand, dass Friedhöfe, sofern sie überhaupt etwas waren, qualvolle Zeugen der Biederkeit der Bevölkerung waren. Sie bemerkte, dass sie sich mit der rechten Hand am Tor der Gruft abstützte. Und so unvermittelt, wie ihr die Leere der Nacht aufgefallen war, war sie sicher, dass dieses Leeregefühl trügerisch war, dass noch jemand da war, dass sie jemanden atmen hören sollte, dass vielleicht schon die ganze Zeit etwas auf sie zugekommen war, während sie ihren Gedanken nachgehangen war, dass dieses Etwas ihr Verderben bedeutete. Ihre Hand verkrampfte sich um das Gitter des Grufttores, sie sah sich um, hielt den Atem an, lauschte. Stille, Leere, nichts sonst. Sie seufzte. Jetzt reichte es, sie würde besser gehen, bevor ihr ihre Phantasie noch einen derartigen Streich spielte. Sie ließ das Gitter los, wandte sich ab. Erstarrte in der Bewegung. Eine kalte Hand hatte sich mit fester Endgültigkeit um ihr Handgelenk geschlossen. Ihr Atem stockte, die Taschenlampe fiel mit leisem Klirren zu Boden.

Er hatte sie gespannt beobachtet, hatte gehofft, dass sie ging, dass er erst mit ihr sprechen musste, wenn er Zeit gehabt hatte zu denken, zu überlegen, zumindest ein behelfsmäßiges Vernunftkorsett über seine Taten und Pläne zu schnüren. Doch als sie sich abwandte, wie erhofft zu gehen beabsichtigte, spielte ihm sein verselbstständigtes Tatenpotenzial den nächsten Streich. Ehe er sich der Tatsache bewusst war, hatte er ihre Hand abgefangen und am Handgelenk ergriffen. Das bewies einmal mehr, wie mickrig und machtlos die hochgepriesene Vernunft in Wirklichkeit war, wie maßlos überschätzt. Er fühlte ihr entsetztes Erstarren – sie hatte eindeutig schlechte Nerven, es war schon das zweite Mal, dass ihn der Geruch ihrer Angst beinahe erstickte – und hörte sich sagen: „Wenn du gekommen bist, um mich zu finden, bleib noch ein wenig." Er konnte kaum glauben, dass diese Worte aus seinem Mund gekommen sein sollten. *Er* war derjenige, der gebeten werden sollte. *Er* musste geladen werden. *Er* musste der sein, der den Schlüssel zur Macht hielt. Und doch hatte soeben *er* eine Einladung ausgesprochen. Seine Vernunft schrie auf, am liebsten hätte er sich seine verräterische Zunge abgebissen, doch bevor er etwas sagen konnte, das sein Fehlverhalten korrigiert hätte, fuhr ihn Serena an: „*Musstest* du mich so erschrecken? Findest du das *witzig*?!" Ihr brodelnder Zorn fiel ihn an, all ihr Entsetzen musste in wilde, unbändige Wut umgeschlagen sein, und die richtete sich gegen ihn. Er hatte es nicht vorhergesehen, hatte ihre Stimmungsänderung nicht gesehen, gerochen, gespürt. Er war zu sehr mit sich beschäftigt gewesen, in seinem Entsetzen über sein ungeahntes Handeln gefangen. Sein neuer Zustand machte ihn unfähig zu überleben, lähmte Verstand und Reflexe. Hilflos starrte er auf Serena, ihrem Zorn reglos ausgeliefert. Er öffnete den Mund, wollte etwas sagen, das zugleich Distanz zu schaffen und versöhnlich zu sein geeignet war, doch fiel ihm nichts ein. Er schloss den Mund wieder beklommen. „Ich bin vor Schreck fast krepiert!", fuhr Serena ungeachtet seiner Verwirrung fort. Er war überwältigt von der Kraft und Energie, der Intensität ihrer Wut. Er hatte gewusst, dass unter ihrer Apathie ungeahntes Leben steckte, doch dieses Aufbrausen überraschte ihn. „*War* das nun nötig? Oder hast du am Ende ein Schweigegelübde abgelegt?!", fragte sie. „Ja ... und nein", sagte er, und erst als er seine Stimme hörte, war ihm bewusst, dass er den Mund geöffnet hatte. ‚Nein! Nicht! Aus! Ende!', jammerte etwas in ihm, die Stimme seiner entthronten Vernunft wahrscheinlich. Sein Mund achtete nicht auf diesen Befehl von oberster Stelle. Etwas in ihm hatte die Vernunft entmachtet und die Kontrolle an sich gerissen. „Was ‚ja'? Was ‚nein'? Hä?", schnauzte ihn Serena an, und er hörte mit wachsendem Erstaunen und Entsetzen seiner

Antwort zu. „Ja, es musste sein. Und nein, ich habe kein … kein Schweigegelübde abgelegt." Er hielt immer noch ihr Handgelenk, doch nicht mehr so fest. Sie entzog es ihm und verschränkte die Arme. „Ach ja? Und wieso musste es bitte schön sein?", wollte sie wissen. Er hörte, wie der überschäumende Ärger aus ihrer Stimme wich. „Weil es er ist. Weil du Angst vor mir haben solltest", gab sein Mund eigenmächtig Auskunft und ungläubige Angst ergriff ihn, als er sich fortfahren hörte: „Setz' dich doch hier auf die Stufe, dann kann ich versuchen, es zumindest teilweise zu erklären."

Sie hörte die Verwirrung in seiner Stimme, jetzt wo ihr Zorn abgeflaut war. Skeptisch und ratlos ob seiner wirren, unverständlichen Äußerungen, versuchte sie im Schatten etwas zu erkennen. Sie sah in all dem Schwarz das helle Oval seines Gesichts. Es wurde noch mehr, anscheinend nahm er den Hut ab. Dann schwebte der bleiche Fleck von Gesicht und Haaren hinunter – er hatte sich hingesetzt. Der dunkle Friedhof war ihr unheimlich, doch packte sie die Neugier, was seine Andeutungen zu bedeuten hatten, und so setzte sie sich neben ihn in die Finsternis des Schattens. „Ich hab' aber nur kurz Zeit. Ich habe Karl gesagt, dass ich einen Ring verloren habe und ihn suchen gehe", warnte sie. „Also was …" Eine kalte, behandschuhte Hand legte sich sacht und spinnwebenleicht auf ihre, löschte das Glitzern der Ringe im Finstern aus, unterbrach sie. Beunruhigt sah sie ihn an, erkannte nur einen helleren Fleck im Schwarz, doch waren jetzt zwei Dunkelheiten in dem bleichen Feld – seine Augen. Die direkte Intensität, mit der sein Blick auf ihr lastete, verstärkte ihr Unbehagen. „Weshalb bist du zurückgekommen?", wollte er wissen, seine Stimme ruhig und ebenso spinnwebenleicht wie seine Hand. Sie räusperte sich und erklärte: „Ich wollte dir erzählen, was passiert ist. Mit Sunna." Sie brach ab, als sie das scharfe Luftholen hörte, das ihrer Erklärung folgte. „Was?", fragte er, Drängen in seiner Stimme. Sie musterte ihn, sah ihn aber nicht deutlicher. Seine Hand hatte sich fest um ihre geschlossen, unerwartete Kraft war in den Fingern in den feuchten Handschuhen. Sie zögerte, war sich auf einmal ihres zu schnell schlagenden Herzens bewusst, das ihr Blut zu heftig durch die Adern pulsieren ließ. „Weiß niemand so ganz genau", murmelte sie. „Ich hab' sie gefunden. Der Arzt hat gemeint, sie wäre ... wäre völlig blutleer, als hätte sie jemand ausbluten lassen. Der Kriminalbeamte hat angenommen, dass jemand durch ihr offenes Fenster hereingekommen ist, irgendein Perverser, nachdem sie eingeschlafen ist, sie betäubt hat, mit Chloroform oder so ... und dann aus irgendeinem nur ihm bekannten Grund ihr Blut abgezapft hat." Stille kehrte ein, sie spürte wieder die fremde Leere der Nacht, die Einsamkeit hielt sie gepackt, obwohl ihrer Schwester Freund neben ihr saß und ihre Hand hielt. Der Gedanke an Sunna schnürte ihr die Kehle zu. Sie würde nie wieder etwas erzählen müssen, würde keinen mehr in den Reigen ihrer erfolglosen Freunde aufnehmen, würde keine Männerherzen mehr brechen. Serena begann zu weinen und verwünschte sich dafür. Es war ihr unangenehm, vor ihm zu weinen. „Wie?", brach seine Stimme die Stille. Sie war heiser, und Serena hätte gerne geglaubt, dass verhaltene Trauer sie so heiser machte, doch vibrierte die Luft beinahe von der Ursache: Spannung, mühsam unterdrückte Aufregung, Erwartung. Etwas an dieser Mischung jagte Serena einen kalten Schauer über den Rücken. „Er hat ihr wahrscheinlich zweimal einen Schlauch am Hals angesetzt und sie irgendwie leergepumpt", antwortete sie, ihre Stimme voll der Tränen, die ihr über die Wangen liefen. Sie hatte bei der Zeremonie an Karls Schulter geweint und war sich nicht so allein vorgekommen wie jetzt. Sunnas Freund hätte ebenso gut nicht anwesend sein können. Er hatte ihre Hand losgelassen. Sie schnäuzte sich und wischte mit dem Handrücken über die Wangen. „Wieso hast du gesagt, ich soll mich vor dir fürchten?", fragte sie, ihre Worte undeutlich und tränenerstickt. Seine Antwort erschien ihr zunächst irrelevant, doch nach und nach ahnte sie, worauf er hinauswollte, und die von ihm geforderte Furcht stellte sich ein, in Schach gehalten von Unglauben.

Er hörte, dass sie weinte, und diese Tatsache war ihm zuhöchst unangenehm. Er hatte keine Erfahrung darin, Mitgefühl zu zeigen, er wusste nicht einmal, ob er ihre Trauer nachfühlen konnte. Er hatte nie eine Schwester gehabt, auch nicht vor seiner Wandlung. Diejenige, die er Schwester nannte, war die gewesen, die ihn gewandelt hatte. Er hatte ein normales Leben geführt, ein Leben als Sohn des Sheikhs. Welches Sheikhs wusste er nicht mehr. Mit der Religion seiner Vorfahren hatte er nichts anzufangen gewusst. Sein Leben war Langeweile gewesen, Verachtung für seine Mitmenschen, blasierte Arroganz, kühle Berechnung, messerscharfe Beobachtung. Es war eine Frau erschienen, eine Fremde mit hellen Haaren, heller Haut, durchscheinender Grazie, das Gegenteil der üppigen Leilas seiner Welt. Sie hatte ihm Ewigkeit versprochen, Ewigkeit durch seinen Tod und über ihn hinaus. Sein Leben war ihm nichts wert, war nie erfüllt gewesen. Er hatte ihren Ruf gehört, war ihm gefolgt. Der stolze Sohn des Sheikhs war immer bleicher geworden. Die Ärzte waren ratlos gewesen. Er war tagsüber fahl und matt im Zelt gelegen, nachts von unbezähmbarer Kraft gewesen. Die Farbe war aus seiner Haut, seinem Haar gewichen. Seine von türkischem Honig und arabischen Spezialitäten gerundete Figur war von der sehnigen Eleganz abgelöst worden, die ihm seitdem als Lockmittel diente. Er wusste, dass die Fremde ihn nie gewandelt hätte, hätte sie nicht geglaubt, dass er sie liebte wie sie ihn. Er hatte sie benutzt, um sein leeres Leben gegen die neue Existenz zu tauschen. Er hatte sie Schwester genannt und war ungerührt seiner Wege gegangen. Hatte sein neues Leben genossen. Doch die Spannung der Verfolgungen und die Sorge um das Lebenselixier Blut waren zur Last geworden. Die Welt um ihn drehte sich, machte ihre eigene Wandlung durch. Nur mittels seiner kalten Überlegenheit, der Schärfe seines Verstandes, des berechnenden, beobachtenden Gefühlsbändigers Vernunft hatte er so lange gelebt. Und nun waren Verstand, Überlegenheit und Vernunft, die drei Konstanten seiner Existenz, verschwunden. Gefühle rührten sich, allen voran Rache. Seiner Schwester Ermordung musste gerächt werden. Auf den Fersen der Rache folgte Angst. Angst, dass es das Schicksal der Wandler war, den Gewandelten nichts zu bedeuten. Angst davor, seine Existenz für nichts und wieder nichts aufs Spiel zu setzen. Angst, dass es um seine Freiheit

geschehen war. Dieser Angst bediente sich die Vernunft, um ihn am größten Fehler zu hindern: Zu früh zu viel zu sagen. „Deine Schwester hat versucht mich zu ergründen", sagte er und seufzte resigniert. Er lernte nicht aus der Geschichte anderer, auch er nicht. Er war seinen unbekannten Gefühlen ausgeliefert, leichte Beute für jeden Gegner mit Verstand. „Sie hat versucht, hinter mein ... Geheimnis zu kommen. Deshalb war sie blind. Blind für alle Warnungen. Sie hat nicht erkannt, dass sie als Mensch nie hinter mein Geheimnis kommen konnte. Sie hat die Tragödie nicht erkannt, die in ihrer Lebenskomödie gelauert hat. Sie hat den Falschen in den Reigen ihrer Freunde gerufen. Sie hat nicht gesehen, dass es der Tod im Gauklerkostüm war, nicht ein Schaubudenmagier. Ich bin nicht von ... von derselben Art, wie ihr es seid. Wie Sunna es war, wie du es bist, wie Karl, wie ihr alle." Er hielt inne. Sie starrte ihn aus weiten Augen verständnislos an. „Ich bin nicht von dieser Welt, wie ihr sie kennt. Aber dafür bin ich bissig." Fuhr er fort und zog die Oberlippe zurück. Ihre Augen weiteten sich noch mehr, seine Zähne mussten aufgeblitzt haben. „Hörst du, wie still es ist? Es ist Sommer. Die Nacht ist leer. Völlig leer. Nicht einmal du hast geschrien, als ich dich so unerwartet an der Hand genommen habe. Ich weiß nicht, was ich mache, aber ich weiß, dass ich dich aufwecken will, und davon wird mich nichts abhalten."
Er zögerte, verfluchte sein loses Mundwerk, das so eifrig die Geheimnisse seines Daseins hervorsprudelte, die kein Mensch je erfahren durfte. Verzweiflung packte ihn. Er fuhr sich mit beiden Händen durch die Haare und fuhr fort: „Was immer du glaubst, was ich bin – du musst verstehen, dass du nicht weißt, weshalb ich lebe. Du glaubst vielleicht es zu wissen ... aber das kannst du nicht. Du kennst nur die Sagen, Legenden, die alten, kraftlosen Lügen. Du kennst nur Unwahrheit." Er schüttelte den Kopf, stellte voller Entsetzen fest, dass seine Wangen nass waren. Er stand mit einem Ruck auf, sah um Hilfe und Beistand flehend in den stillen, nebligen Friedhof. Nichts rührte sich. Er wandte sich ihr zu, spürte ihre Angst und Verwirrung. Nach einem Augenblick des Zögerns kauerte er sich vor ihr nieder.

Sie starrte ihn an, als er plötzlich vor ihr hockte, sah, wie er einen Handschuh auszog, seinen Finger an den Mund führte, wo vorher diese nadelscharfen Eckzähne aufgeblitzt hatten. Als sich der Finger auf sie zu bewegte, breitete sich Dunkelheit auf seiner schmalen Fahlheit aus – er musste sich in die Fingerspitze gebissen haben, mit einem der unwirklich scharfen Zähne. Dann berührte der Finger ihre Stirn, malte etwas darauf. Sein Blut war zunächst kühl auf ihrer Haut, dann brannte es dumpf. „Deshalb solltest du dich vor mir fürchten", sagte er leise und seufzte wieder sein eigenartig schweres Seufzen. Er zog den Handschuh an und stand auf. In der nebelschimmernden Nacht schien ein seltsamer Glanz auf seinen Wangen zu liegen. Ehe sie genauer sah, wandte er sich ab und floh. Ihr Blick folgte seiner dunklen Gestalt, das blonde Haar leuchtete fast silbrig aus der Finsternis. Sie starrte noch auf die leeren Nebel über den Gräbern, als er längst verschwunden war. Sie fühlte sich wirr, zu wirr um zu handeln oder zu denken. Wie automatisch tastete sie die Steinstufe ab – sie war kalt, als wäre niemand darauf gesessen. Ihre Hand fand, was sie suchte, spürte den feuchten Filzstoff. Sie hob den Hut auf, setzte ihn auf. Was hatte das alles zu bedeuten? War er der Mörder ihrer Schwester? Was war mit seinen Zähnen gewesen? War er ein ... Hier stockten ihre Gedanken. Vielleicht hatte er sie verwirren wollen, hatte ihr etwas vorfabuliert. Ihr Verstand ließ nicht zu, dass sie den Gedanken zu Ende führte. Es war kein Film, um den es sich hier drehte, es war das Leben, die Wirklichkeit, ihr Leben. Und in ihrem wirklichen Leben gab es keine ... keine Vampire und sonstige Monster. Außerdem wusste jedes Kind, dass Dracula bekanntlich erstens: dunkle Haare gehabt hatte, und zweitens: tot war – und mit ihm auch alle anderen Vampire. Davon abgesehen, dass er nie existiert hatte. Nein, der eigenartige Freund ihrer Schwester hatte ihr tatsächlich ganz schön etwas vorgeschwindelt. ‚Aber die Zähne?', beharrte die Unvernunft in ihr. Serena seufzte tief. Es war einfach alles zu viel. Zähne, mystische Andeutungen, Leichenschmaus, Begräbnis ... und mit Karl hatte sie nichts geklärt, und sie hatte nie weniger gewusst, wie sie irgendetwas klären sollte. Benommen hob sie die Taschenlampe auf. Die Taschenlampe funktionierte. Langsam folgte sie dem nebelwirbelnden Lichtkegel, ihr Kopf voller schlierengleicher Gedanken wie die Welt voller Nebel. Er war nicht von dieser Welt, hatte er gesagt. Er war bissig, hatte er gesagt, und sie erschauerte, als sie sich an das Blitzen der Zähne erinnerte. Er sei für Sunna der Tod im Gauklerkostüm gewesen, geladen, blendend, hatte er gesagt. Die Nacht sei leer, hatte er gesagt. Nichts könne ihn aufhalten, von ihr fernhalten, nichts, hatte er gesagt. Er wolle sie wecken, hatte er gesagt. Sie könne nichts über sein Leben wissen als Lüge, hatte er gesagt. Er hatte geweint, als er das alles gesagt hatte, sie wusste es. Serena blieb am Friedhofstor stehen und steckte die Taschenlampe ein. War sie gerade dabei, verrückt zu werden? Ihre Hand tastete nach dem Hut auf ihrem Kopf. Nebelfeucht und von filziger, schlabbernder Festigkeit war er dort. War wirklich. Sie war nicht dabei durchzudrehen. Sie erinnerte sich an seine Warnung, dass sie Angst haben sollte. Sie dachte an das unbekannte Zeichen, das er mit seinem Blut auf ihre Stirn gemalt hatte, an das seltsame Brennen danach. Sie durfte niemandem davon erzählen, niemals, unter keinen Umständen. Sie hörte Schritte und sah die Straße entlang. Karl kam auf sie zu, und es versetzte ihr einen Stich, dass sie auch ihm nichts erzählen konnte. „Was hast du so lange gemacht? Ich habe mir Sorgen gemacht!", sagte er als Begrüßung. Sie lächelte, hoffte, dass er ihre Verwirrung nicht bemerkte. Manchmal beobachtete er zu viel. Sie sah den skeptischen Blick, den er dem Hut zuwarf. „Ich hab' den Ring nicht gefunden", log sie und hoffte, dass sie nicht rot wurde. „Es war ein sehr kleiner." „So was hast du?", fragte er mit gespieltem Erstaunen und legte einen Arm um sie, zog sie fort vom Friedhof. „Ist das nicht der Hut von diesem, wie heißt er doch gleich? Dem Freund von Sunna?", wollte er wissen, bevor sie etwas sagen konnte. Sie nickte. „Er war kurz beim Begräbnis – immer dezent im Hintergrund. Der Hut ist beim Grab gelegen", log sie weiter, und diesmal wusste sie, dass sie rot wurde. Sie wollte Karl nicht anlügen, es kam ihr falsch und unfair vor, doch schien es unmöglich, etwas anderes zu tun. „Woher wusste er davon?", bohrte Karl weiter. Sie hob die Schultern. Ihre Wangen brannten vor schlechtem Gewissen. „Vielleicht hat er den Aushang bei der Kirche gesehen", schlug sie vor. Warum konnte sie ihm nicht einmal sagen, dass sie wusste, wo er wohnte? Die Schrift über Simeon Amons Haustor schwebte ihr auf einmal greifbar nah vor Augen, die nebelfeuchte Straße verschwamm. „Ich glaube nicht, dass der einer Kirche nahekommt", stellte Karl fest. Serena zuckte wie schuldbewusst zusammen. „Ich …", begann sie, da löste sich die Welt auf, zerfiel zu unzusammenhängenden Fragmenten, der Eingang des Heurigen, Karls besorgtes „Serena, was ist…", und es war Dunkelheit um sie, aus der die fremden Schriftzeichen klar und deutlich hervorstrahlten.

Es war ein mit dunkelrotem Holz getäfelter Raum, Regale mit dicken, alten Büchern an den Wänden, deren goldfarbige Inschriften auf den Stoff- und Lederbezügen schimmerten. Die Fenster standen offen, kalte Nachtluft durchzog das Zimmer. Ein dicker Perserteppich leuchtete sein geheimnisvolles, prächtiges Farbenspiel, seine uralten Muster unwirklich neben der weißen Küche und dem kargen, kleinen Vorzimmer jenseits der Türe. Im Türrahmen zum Vorzimmer, das die Fortsetzung der schmalen Küche war, und in dem sich die drei Türen zu dem Raum mit den Büchern, der Kellertreppe und dem Garten befanden, stand Simeon Amon, bereit, nochmals in die Nacht hinauszueilen. Trotz des Lufthauchs von den Fenstern stand ihm der Schweiß in Tröpfchen auf der Stirn, glänzte im flackernden, goldenen Schein der neun Kerzen im dunklen Metallluster des Zimmers. Tiefe Schatten lagen in den unzufriedenen Falten auf seiner Stirn und um seinen Mund. Er hielt einige Blatt Papier in der Hand, auf die er mit seinem Federkiel und seiner dicken, arabischen Tinte in alter, verschlungener Pracht geschrieben hatte. Die Blätter zitterten in seiner Hand, und dafür war nicht allein der Nachtwind verantwortlich. Kalte Angst ließ seine Hand zittern, kälter als die Nacht. Sie zitterte so sehr, dass es ihm schwerfiel, die schnurgeraden Zeilen zu lesen, und er nahm seine zweite Hand zur Hilfe. Ruhig waren die Blätter deswegen nicht, doch er konnte entziffern, was darauf stand. Nervöses Zucken ließ die

Schatten um seinen linken Mundwinkel tanzen, während er sein in qualvollen Stunden verfasstes Werk durchlas und der Himmel im Osten mit dem ersten Lichtschimmer ein Ende der leeren Nacht ankündigte.

„Serena", stand da, tiefschwarz auf weiß, „ich würde für Dich beten, wenn ich wüsste, zu wem einer wie ich beten könnte. Wenn einer wie ich beten könnte. Ich würde beten, dass Du Deinen Namen zu Recht trägst, dass nomen est omen, sozusagen. So kann ich für Dich nur hoffen, hoffen, dass die Klarheit und die Ruhe in Dir sind, die Dir Dein Name verspricht. Lies diese Zeilen mit aller Aufmerksamkeit, lies die Worte, lies aber auch zwischen den Zeilen. In diesem Brief sage ich die ganze Wahrheit, und es kann durchaus sein, dass es das letzte Mal ist. Ich werde Dir wohl nie eine Unwahrheit sagen, ich kann mich nicht entsinnen, das jemals getan zu haben, doch werde ich wahrscheinlich Teile der Wahrheit verschweigen, wenn sie mir im Weg stehen, wie ich es schon immer zu tun pflegte. Auch kann ich die Wahrheit so unvollständig und zweideutig darstellen, dass mein Gegenüber vollends automatisch die falschen, von mir beabsichtigten Schlüsse zieht. Ich würde nun gerne damit beginnen, dass ich nicht weiß, weshalb ich diesen Brief überhaupt schreibe. Doch leider weiß ich es nur zu genau: Ich schreibe ihn, um Dich zu warnen, um Dir jede mögliche Chance zu geben, den Bann zu brechen, dem Schicksal zu entkommen, das ich Dir auferlegt habe. Es ist nicht zu entschuldigen, dass ich Dir schreibe, es ist dumm, es ist gefährlich, es ist meinen verrückten, vagen Plänen abträglich. Und doch mache ich es, möge es jemals jemand verstehen, ich verstehe es nicht. Allerdings verstehe ich beinahe nichts mehr, heutzutage. Die Welt dreht sich unaufhaltsam, verändert sich schnell und immer schneller. Das mag vielleicht banal und selbstverständlich klingen, doch für mich ist es weder das eine noch das andere: Es ist eine Katastrophe. Ich habe lange geschlafen – ungefähr zehn Jahre, wie zumeist. Ich bin aufgewacht, und ich fand eine Welt vor, die ich kannte und verstand. Doch ehe ich meine Ruhephase abschließen und mein Erwachen vollenden konnte, haben SIE mich gefangen. Ich weiß nicht, wer SIE sind oder waren, ich sah SIE nicht kommen, ich sah SIE nicht gehen. SIE haben mich gefangen gehalten, es muss Generationen von IHNEN gedauert haben, ihr Menschen seid ja so kurzlebig. Meine sogenannte Schwester war mit mir in Kontakt – ihr Menschen würdet es wohl eine Art spirituellen Kontakt nennen – und konnte mir so zumindest einige Information über die Veränderungen der Welt geben. Doch SIE haben sie vor etwa drei Jahren getötet, mit der gleichen Zielsicherheit, mit der SIE mich gefangen haben. Durch einen Brand in IHREM Haus bin ich entkommen. Ich kann irgendwie überleben, dank meiner Schwester. Doch es ist eine neue Welt, in die ich zurückgekehrt bin, und ich bin ihr fremd. Serena, Du kannst Dir nicht vorstellen, wie fremd ich hier bin, wie fremd und zum ersten Mal in meiner Existenz einsam. Vielleicht ist es, weil ich zum ersten Mal allein bin, ohne die Verbindung zu meiner Schwester. Vielleicht ist der Grund, dass ich zum ersten Mal eine ganze Wachperiode und damit auch meine Ruhezeit versäumt habe, ich war immer sehr strengen, gleichbleibenden Gewohnheiten, Ritualen, Prinzipien zugetan, Unordnung und Unsicherheit in meiner Existenz sind mir verhasst. Vielleicht sind aber diese zwei Tatsachen nur der Grund dafür, dass ich erstmals erkenne, dass ich nicht hierher gehöre, dass ich zu keinem Ort, zu keiner Person, zu keiner Erinnerung meiner langen Existenz gehöre, dass ich haltlos im leeren Raum schwebe, zeitlos, ausgeliefert, stillstehend, während Orte, Personen, Zeiten an mir vorüberziehen wie eine Fata Morgana nach der anderen. Außerdem ist mir jede Ordnung abhandengekommen, denn es ist mir etwas gänzlich Neues zugestoßen. Noch eine Premiere, sozusagen, und das alles in so furchtbar kurzer Zeit. Mein Verstand, meine Vernunft, meine Wachsamkeit sind machtlos dagegen: Etwas hier hat jene meine Gefühle aufgeweckt, die meine gesamte Existenz bisher und mein Leben davor geschlafen haben, nicht da waren, nicht funktioniert haben, wie auch immer. Jetzt sind sie da, jetzt haben sie das Kommando an sich gerissen, haben die Führung auf dem Weg in den Untergang übernommen, und ich kenne mich nicht länger aus. Ich kenne mich nicht mehr, ich weiß nicht, was ich tue, bis es geschehen ist, ich kann nicht planen, ich bin mir selber ausgeliefert, ich verstehe mich nicht, ich weiß nicht, was ich will. Ich weiß nur eines, das ich will: Ich will Rache. Alles in mir schreit nach Rache, denn der Tod meiner sogenannten Schwester muss gerächt werden. Und noch etwas muss gerächt werden: das Zerschellen meiner bisherigen Existenz. Ich muss mich dafür rächen, dass meine Gefühle aufgeweckt wurden, und wie kann ich das besser tun als dem alten Spruch folgend: ‚Wie du mir, so ich dir?' Deshalb will ich Dich aus Deiner Apathie reißen, Dich aufwecken, wie Du mich aus dem Korsett meiner Vernunft gerissen hast. Und trotzdem schreibe ich all diese Sachen, die Du – von meiner Warte aus – besser nicht wissen solltest. Jetzt kann ich endlich mein Unwissen anprangern: Ich weiß nicht, warum ich Dich warne, vor dem Schicksal warne, das ich Dir zugeteilt habe, das dem meinen gleicht und das meine erleichtern würde. Ich kann nur raten. Vielleicht ist es deshalb, weil Du mich unabsichtlich geweckt hast, während ich zielgerichtet und im Bewusstsein meiner Taten vorgehe. Diese These klingt gut, wirkt aber auf mich unehrlich, und ich habe Dir in diesem Brief Ehrlichkeit versprochen. Es ist der reinste Wahnsinn, wenn ich Dir meine wahrhaftigere Vermutung mitteile, doch darin passt es perfekt zum restlichen Brief, und deshalb werde ich auch diese Dummheit begehen. Ich glaube, der Grund liegt in meiner Angst. In der Angst zu versagen, in meinem Unterfangen Dich zu wecken – das heißt: Dich zu wandeln, zu einer von meiner Art zu machen. Ich habe Angst, weil ich an mir und meiner Schwester gesehen habe, was geschehen kann, wenn zu viel verschwiegen wird. Sie hat mich gewandelt, und ich war ein williges Opfer. Ich habe sie benützt, um mein langweiliges Leben gegen eine spannende, freie Existenz einzutauschen. Ich habe nicht gewusst, dass es Last ist, verfolgt zu sein, dass die Spannung zur Qual werden kann, die Freiheit zur Einsamkeit. Du musst das alles wissen, bevor Du Dich entscheidest. Du musst es wissen, damit Du mich nicht zu verachten beginnst, wie ich meine Schwester zu verachten begann. Du musst es wissen, damit Du mich nicht zu hassen beginnst. Du musst es wissen, damit ich nicht einsam bleibe. Du musst auch wissen, dass Deiner Schwester Blut an meinen Händen klebt. Ich habe sie getötet, sie war hier mein erstes Opfer, ihr Blut und ihre Intensität geben mir die Kraft zu leben. Normalerweise töte ich meine Opfer nicht, doch ich muss herausfinden, ob Du mit der Tatsache meiner Existenz fertigwirst – denn wir töten immer etwas in unseren Opfern, auch wenn wir sie am Leben lassen. Und alle unsere Opfer sind jemandes Freunde, Eltern, Kinder, Brüder oder sonst etwas. Du kannst mir noch entkommen. Mein Verstand schreit in mir, dass ich es Dir nicht verraten soll, dass ich mir wenigstens diesen Weg geebnet lassen soll, doch ich muss es trotzdem niederschreiben. Ich habe Dich bereits gezeichnet. Ich habe Dir ein verkehrtes Ankh auf die Stirn gemalt, in meinem Blut, das Zeichen derer jenseits von Leben und Tod. Du kannst es noch abwaschen, aber nicht mit Seife und Wasser. Du musst im Bann des Lichts Deine Seele öffnen, musst es aus Dir herausbrennen mit Tag und Strahlen. Verbanne die Schatten der Nacht aus Deiner Seele, Serena, rette Dich vor mir ins Licht. Nur Licht kann Dich vor mir retten. Deshalb wünsche ich Dir all die Klarheit, all das Leuchten, das Dir Dein Name verspricht. Hüte Dich vor mir, hüte Dich vor dem Spruch über meinem Haustor, denn er ist der Schlüssel zu meiner Existenz, wenn man ihn zu deuten weiß. Ist man ihm verfallen, rettet einen nichts mehr. Simeon Amon"

Serena starrte lange auf die dicken, unregelmäßigen Blätter, auf die geschwungene, kunstvolle, alte Schrift, die verzierten Buchstaben am Beginn der Absätze, die Rhythmik der Schrift, die trotz der Klarheit der Buchstaben von einem Federkiel sprach. Ein Vogel sang draußen im Zwielicht, es wurde hell. Die nahende Morgendämmerung hatte etwas Beruhigendes. Sie war aufgewacht, ihr Fenster war geöffnet gewesen, obwohl sie sich genau erinnern konnte, es verriegelt zu haben. Der schwarze Filzhut war von seinem Platz neben ihrem Kopfpolster verschwunden gewesen, ein versiegelter Umschlag war an seiner Stelle gelegen. In diesem Umschlag war der Brief gewesen, der befremdliche, verstörende Brief. Klarheit und Ruhe wünschte er ihr. Wenn er wüsste, wie ihr ihr Name in letzter Zeit spottete. Ihre Gedanken wirbelten durch ihren Kopf, sie schloss die Augen und wartete darauf, dass sie sich beruhigten. Er warf ihr vor, sie hätte seine Welt ins Wanken gebracht? Nun, seine Rache war ja bereits zuhöchst erfolgreich. Ihre ganz private Welt wankte nicht nur, sie war dabei, aus den Fugen zu geraten. Am entsetzlichsten war der Gedanke, dass sie mit der gefälligen Hilfe des Exzentrikers Simeon Amon schön langsam dem Wahnsinn verfiel. Alles, was in den letzten Stunden passiert war, war im Grunde nicht möglich. Vielleicht träumte sie ja nur? Vielleicht ... Sie unterbrach diesen Gedanken mit aller zur Verfügung stehenden Kraft. Wenn sie träumte, so handelte es sich immer noch um Traumwirklichkeit, deren Gesetzmäßigkeiten anzuerkennen es galt. Desgleichen verhielt es sich im Fall einer ausbrechenden Geisteskrankheit. Sie hatte keine Wahl. Sie musste die Tatsachen, mit denen sie konfrontiert war, als das annehmen, was sie waren. Der Freund ihrer verstorbenen Schwester war laut eigener Aussage ein Vampir oder etwas Ähnliches. Es war erschreckend, mit welcher Leichtigkeit dieser Gedanke in ihrer Welt Einzug hielt. Es war beängstigend, mit welcher Geschwindigkeit sie sich mit all dem Unmöglichen der letzten Stunden abfand, wie schnell sie es akzeptierte. Fragen lauerten am Rand der Akzeptanz, drohten, über sie hereinzubrechen und sie zu ersticken, sollte sie den Frevel begehen, die Realität anzuzweifeln, die ihr geboten wurde. Sie hatte sich für eine praktische, unverwüstliche Realistin mit leichtem Hang zu Tagträumereien gehalten, die jedoch in den Schranken dieses Aufgabenbereichs lagen. Und jetzt saß sie in ihrem Bett, hielt ein paar dicke Zettel in der Hand, auf denen in mittelalterlich anmutender Schrift die verrücktesten Sachen standen, und ihr erster, klarer Gedanke abseits von wirrem Gewirbel war, dass sie niemandem davon erzählen durfte. Und wenn es nur verborgen bleiben musste, damit niemand Zeuge ihres geistigen Verfalls wurde. Sie ging zu einem Tischchen, auf dem eine rauchblaue Schale stand. Bedächtig zerriss sie die Blätter zu kleinen Stückchen, die sie in die Schale rieseln ließ. Wenn sie das ernst nahm, was in diesem Brief gestanden war, würden sie zwar die drohenden Fragen nicht in ihrer Flut ersticken, dafür stieß sie mit aller Gewalt an die Grenzen menschlichen Verstehens. Sie verstand ihn nicht. Sie verstand nicht, was er tat, weshalb er es tat, oder was er noch tun würde. Sie hatte das untrügliche Gefühl, dass es ihm wirklich genauso ging – er hatte es ja auch geschrieben. Sie nahm eine Schachtel mit Streichhölzern, als der letzte Papiersegler in der Schüssel gelandet war, und entzündete den kleinen Scheiterhaufen. Seinem in tanzenden Flammen und kaum sichtbaren Rauchschlieren aufgehenden Brief nach wusste er nichts von der Wirkung, die die Schriftzeichen auf sie gehabt hatten. Seinem Brief nach wusste er nichts, nicht einmal, ob er den Brief überleben würde. Er hatte sein Leben in völliger Unwissenheit in ihre Hand gegeben. Er hatte vermessenerweise gehofft, bei ihr auf Verständnis zu stoßen. Verständnis für die fremdartigen, beunruhigenden Kreaturen, derer er eine war. Wie konnte sie Verständnis aufbringen, wenn sie nichts über ihn wusste? Zumindest nichts als Unwahrheit, wie er am Vorabend gesagt hatte? Oder wusste sie doch etwas über ihn, wusste sie das Wichtigste, war das der Grund, weshalb er sie in seiner Fremdheit so berührte? Dass sie aus seinen Worten, ob geschrieben oder gesprochen, die bittere Erfahrung herauslas, missverstanden zu sein, von übereifrigen Kritikern verurteilt zu sein, die keine Ahnung vom Lebenskampf hatten, von der täglichen Anstrengung, die es bedeutete zu überleben, die es notwendig machte, einen großen, wichtigen Teil von sich kaltzustellen, zu verbergen, zu beseitigen, damit er dem nackten Überleben nicht im Weg stand. War es nicht egal, ob hinter der Maske ein Mensch in sich selbst gefangen zugrunde ging oder ein anderes Wesen? War der springende Punkt nicht vielmehr die Ambivalenz zwischen der Notwendigkeit des Überlebens und der Suche nach etwas, das Leben genannt werden konnte? Serena starrte in die letzte, ersterbende Flamme. Sie war ein Mensch, sie sah sich trotzdem täglich gezwungen, einen Teil von sich zu verleugnen. Wenn der Wahnsinn um sie Wahrheit war, dann war er etwas anderes, ‚von anderer Art', wie er es nannte, doch schien ihr das Grundproblem dasselbe: Es war ein nie gestillter Hunger nach Leben, von dessen Quelle sie beide getrennt waren: Sie durch ihre Umgebung, die Gesellschaft, in der sie lebte; er durch die nötige Vorsicht, die Gesellschaft, in der er lebte. Sie hatte zu viele Fragen, trotz ihrer Vermutung. Und es gab nur einen, der diese Fragen vielleicht beantworten konnte.

„Nein, Chuck, ich glaube nicht, dass ich mich sehr über deine Gesellschaft freuen würde", wiederholte Serena zum ungezählten Mal mit gedämpfter Stimme. Ihre Vorgesetzte drei Regale weiter beobachtete sie mit verärgerter Miene. Nicht genug damit, dass Serena prinzipiell in die unkonventionellsten Kleidungsstücke dieser Seite des Äquators gehüllt war und nicht einmal am Tag nach dem Begräbnis ihrer Schwester von leuchtenden Farben, dünnen Stoffen, weiten Ausschnitten und Flower-Power-Stil lassen konnte, es war schon den ganzen Nachmittag dieses unzivilisiert wirkende, langhaarige und doch männliche Wesen um sie herum, das mit seiner leisen Stimme die Stille und mit seinem Erscheinungsbild ihr ganz privates Empfinden für Richtigkeit störte. Dieser Jugendliche mit seinem Palästinensertuch – trotz der Jahreszeit – und der schäbigen Lederjacke über kariertem Flanellhemd, dessen Knopflosigkeit Blick auf ein Jack-Daniels-T-Shirt gab, und den verwaschenen, löchrigen Jeans – es war regnerisch, aber eindeutig Sommer, nichts sonst! Was zog dieses Wesen im Herbst an? – gehörte nicht in eine Bücherei. Und wenn er schon unbedingt in eine Bibliothek gehen musste, dann bitte nicht in diese, nicht in ihre, sondern in eine irgendwo weit weg, in der sich bunte Bilderbücher über die scheußlichen Rockgruppen befanden, die der Dorn in ihrem Auge für Musiker hielt. Und wenn er schon die heiligen Hallen ihrer Bücherei mit seiner Anwesenheit entweihen musste, dann hatte er an den Büchern Interesse zu bekunden, nicht an ihrer Untergebenen, die ungelegenerweise eine Tochter des Bürgermeisters war und die diese Machtposition durch demonstratives Zurschaustellen ihres unzeitgemäßen Hippietums ausnützte. Und der es zu verdanken war, dass auf dem Regal der Neuerwerbungen ein Buch über Janis Joplin prangte. „Du gehst jetzt nach Hause", beharrte Karl ebenso gedämpft, nachdem er der kleinen, dicken

Bibliothekarin einen schrägen Blick zugeworfen hatte, der deutlich zeigte, dass er sie so wenig mochte wie sie ihn. Serena seufzte. „Ja, ich gehe nach Hause. Und zwar in drei Minuten, wenn wir zusperren." „Eben. Und ich gehe zu einer Probe. Wieso sollte ich dich also nicht begleiten?" Er blieb dabei. Er war mindestens so starrköpfig, wie es Sunna gewesen war. „Weil ich in Ruhe allein ein bisschen unterwegs sein will. Jetzt, wo ich nicht mehr allein im Wald spazieren kann", erklärte Serena. „Außerdem wäre es ein Umweg für dich." Er war nun an der Reihe zu seufzen. „Blödes Argument. Sag' mir lieber, was dich an mir so stört." Sie starrte eine Bücherschlucht entlang, aus dem Fenster an ihrem Ende. „Ich hab' nichts gegen dich", wehrte sie ab und entdeckte, dass das sogar der Wahrheit entsprach. Sie war nur zu verwirrt. Es geschah zu viel in zu kurzer Zeit. Sie hatte nicht die Möglichkeit, die Ereignisse in Ruhe zu überdenken. Vielleicht würde sie bezüglich Karl eine Entscheidung treffen können, wenn sie die Nebel um Simeon Amon vertrieben hatte. Der vorschnell verbrannte Brief lag ihr im Magen, sie hätte ihn gerne noch einmal gelesen. „Wenn du nichts gegen mich hast, kann ich dich dann zumindest bis zum Bus begleiten?", unterbrach Karl ihre Gedanken. Sie nickte und sah auf die Uhr. Es war endlich Dienstschluss. Die runde Bibliothekarin kam näher. „Es ist Zeit zu gehen, junger Mann", stellte sie fest. „Er wartet nur noch auf mich", sagte Serena und holte ihre Lederjacke. Unter den schwelend erbosten Blicken der Bibliothekarin verließen sie die Bücherei und gingen in Schweigen die Straße entlang. „Ich weiß, es ist verrückt," begann Karl nach einigen Metern, „aber nehmen wir an, es gäbe so was wie Vampire … dann wäre der Fall doch ziemlich klar, oder? Ich meine Sunnas Tod." Serena schaffte es, nicht schuldbewusst zusammenzuzucken. „Es gibt aber keine", stellte sie so endgültig wie möglich fest. „Gott sei Dank", fügte sie hinzu. „Und wer genau sagt das?", wollte Karl wissen. Sie merkte, dass er es ernst meinte. Sie schluckte trocken, ihr Herz schlug zu schnell. „Und der Freund von Sunna wäre dann der Bösewicht?", fragte sie betont beiläufig, als glaubte sie nicht daran, als spielte sie nur ihm zuliebe mit. Die Sonne schwebte rot am Horizont, versank hinter den Dachfirsten. Graue Wolken brauten sich zusammen, der Abendwind war kalt. Serena zog fröstelnd ihre Jacke enger. „Ja", stimmte Karl zu. „Das wäre er. Kommt er dir nicht auch unheimlich vor? So bleich, wie pigmentlos, so dünn, immer diese Sonnenbrille, die Handschuhe, wie er Licht hasst, das Zeug, das er sich bei euch in der Bücherei angeschaut hat, dass ihn keiner kennt, dass er nur nachts unterwegs ist, nie tagsüber ... es passt alles." Serena hatte Probleme, ihm überzeugend zu widersprechen. Das Unbehagen und die Nervosität in ihr wuchsen. „Es gibt aber keine Vampire", wiederholte sie leise. Sie waren bei der Bushaltestelle angekommen, Karl schwang sich auf die Lehne der Bank. „Wer sagt das?", wiederholte er. „Der gesunde Menschenverstand", murmelte sie noch leiser und starrte an ihm vorbei auf eine große Lacke neben dem Gehsteig, auf die der Wind Wellenmuster zauberte. „Weißt du, was ich mit dem gesunden Menschenverstand mache? Ich scheiß drauf! Früher haben die Leute noch gesehen, was passiert ist, auch wenn's keine logische Erklärung dafür gegeben hat! Der Priester, von dem mein Bruder die Gemeinde übernommen hat, hat sogar noch einen Exorzismus durchgeführt!", ereiferte sich Karl. „Was, du hast einen Bruder, der Priester ist?", unterbrach Serena, doch er ließ sich nicht beirren. „Jedenfalls sehe ich nicht ein, weshalb es zum Beispiel keine Vampire geben sollte! Und wenn es welche gibt, dann ist dieser ... wie heißt er doch ... sicher einer!" Serena starrte voller Unruhe auf die Lacke. „Und was schließt du daraus? Schlägst du ihm jetzt den Kopf ab und durchbohrst sein Herz mit einem Pfahl?", wollte sie wissen. Karl zögerte, und dieses Zögern ließ sie zu ihm aufsehen. Die grimmige Entschlossenheit in seiner Miene schnürte ihr die Kehle zu. „Wenn ich einen Beweis hätte, würde ich's tun", sagte er. Sie ließ ihren Blick in unbestimmte Ferne gleiten. „Solch rechtschaffener Fanatismus hatte im Mittelalter die Inquisition zur Folge", murmelte sie und erschrak über die Ausdruckslosigkeit der Stimme, die sich einen Weg aus ihrer zu engen Kehle bahnte. „Woher hast du nur diese blöde Phantasie?", fragte sie gezwungen überheblich und sah ihn wieder an. „In meiner Familie waren wir schon immer offen gegenüber solchen Dingen. Leider sind wir ja jetzt sehr reduziert ...", erklärte er, und als sie fragend den Kopf schüttelte, fuhr er fort: „Na ja, der Großteil von ihnen ist erst vor wenigen Wochen ums Leben gekommen ... Sie waren im alten Familiensitz versammelt, und der ist in der Nacht abgebrannt. Keine Überlebenden. Na ja, ich meine, ich hab' sie eh so gut wie nicht gekannt, weil sie's meiner Mutter nie verziehen haben, dass sie ihnen meinen Vater entrissen hat ... und der ist ja noch vor meiner Geburt abgekratzt ..." Serena hörte nicht länger zu. Sie sah Simeon Amon im Zwielicht der Bücherei, hörte den Regen rauschen und seine leise Stimme: „Ich habe sie mir verbrannt, als ich vor einiger Zeit in einem brennenden Haus eingeschlossen war." Und sie sah die regelmäßige, alte Schrift vor sich, diese schnurgeraden, präzisen Linien: „Durch einen Brand in ihrem Haus konnte ich entkommen." Konnte es sein, dass Karl der Familie angehörte, die ihn so lange gefangen gehalten und seine Schwester getötet hatte? „... he, hörst du mir zu?", schloss Karl seine Ausführungen. Sie konzentrierte sich unter Mühen auf ihn, dem Bersten nahe vor Unruhe. „Nein. Sunnas Tod ist schlimm genug ohne solche Phantasmen. Ich werde schon so schlecht schlafen. Ich hoffe, das freut dich", konterte sie und ging eilig die nasse Straße entlang. Karl wollte ihr nachlaufen, sie einholen und zur Rede stellen, da kam der Bus, und den zu versäumen hätte bedeutet, zu spät zur Probe zu kommen, was endlosen Streit mit dem Sänger der „Deltafliege" verursacht hätte. Karl beugte sich dem Zusammenspiel der Umstände und kramte seinen Ausweis hervor, hatte keine Zeit, die Folgen seines Handelns zu erwägen.

Er stand am Tor und sah dem Fremden nach, eine handschuhschwarze Hand erhoben, um die letzten Strahlen der untergehenden Sonne von seinem Gesicht fernzuhalten. Der Fremde war hager, an seiner Seite trottete eine ebenso hagere Wölfin. Er eilte den schlammigen Weg in Richtung des Waldes entlang, ohne sich umzusehen. Er trug einen schäbigen, knielangen Mantel, eine Melone, runde Sonnenbrillen, fadenscheinige Hosen, gesprungene Schuhe, alles in Schwarz. Die Augen hinter den kleinen Gläsern waren von blutrotem Leuchten erfüllt. Der Fremde war beinahe verhungert. Er kam beim Waldrand an, wo ein Karren mit einem mageren, schwarzen Klepper seiner harrte. Er erklomm den Kutschbock – ein einfaches, altersbleiches Brett – und das gespenstische Gespann verschwand mit dem Quietschen rostiger Achsenlager im Wald. Simeon Amon kannte diese Sorte, es waren Vagabunden, die sich keine Ruhe gönnten, nie schliefen, in ständig veralteter Exzentrik fern der Städte durch das Land zogen, ihren Hunger nie ganz zu stillen vermochten, niemanden wandelten, ihre Opfer töteten, von keinem Menschen je gesehen wurden, der es nachher weitererzählen konnte. Seit Jahrhunderten waren diese Landstreicher seiner Art leicht zu erkennen: Eine hagere, rotäugige Gestalt in altmodischer Kleidung, ein Karren mit einem ausgemergelten Gaul vorgespannt, ein Wolf hinter ihnen. Dieses Exemplar hatte Ballast abgeworfen. Aufseufzend und mit von Unzufriedenheit gespannter Miene trat Simeon in seinen Garten und schloss das Tor. Die beiden Welpen, die der Vagabund in seine Obhut gegeben hatte, sahen ernst aus erst seit Kurzem geöffneten Augen zu ihm auf. Zwei Wolfsjunge an seinem Hals, auch das noch. Sein linker Mundwinkel zuckte leicht, ein sicheres Zeichen für aufsteigenden Zorn und gereizte Angst, gewürzt mit Nervosität. Eines der beiden Tiere war silbergrau, das andere dunkelgrau. Beide wiesen die typische Wolfszeichnung auf, und obwohl sie noch flauschige, unbeholfene Fellbällchen waren, erkannte sein erfahrenes Auge, dass sie einmal große Taigawölfe werden würden, aristokratisch und mindestens so bissig wie er selbst. Ratlos fuhr er sich durch die Haare und starrte mit steigender Verzweiflung in die schwarz umrandeten, blauen Augenpaare. „Das wird aber Bonnie Prince Charlie gar nicht gefallen", sagte er. Bonnie Prince Charlie war das Oberhaupt des Rattenclans, der im Keller wohnte und mit dem er schon des Öfteren tiefsinnige, wenn auch zugegebenerweise einseitige Konversationen geführt hatte. Die beiden aristokratischen Flauschebällchen aus Fell, Pfoten, Nase und Augen erwiderten darauf nichts. Simeon seufzte und hob sie hoch, jedes mit einer Hand. Er hatte auch ohne sie genug am Hals, und er hatte noch nie einen Wolf gehabt, geschweige denn zwei. Es war zu auffällig. Es entsprach zu sehr den menschlichen Vorstellungen von seinesgleichen. Er hasste den Vagabunden für sein unvorhersehbares Auftauchen. Er hasste sich für seinen mangelnden Widerstand. Er hasste die Wolfsbällchen für ihre offensichtliche Hilflosigkeit. Er betrat das Vorzimmer, setzte die Tiere auf den Boden, knallte die Haustüre zu. Alles ging schief. Seit seinem Erwachen ging alles schief. Nein, schon seit dem Ende seiner letzten Ruheperiode ging alles schief. Seine Gefangenschaft, seine Begegnung mit Serena, der Putsch seiner Gefühle, und jetzt auch noch die beiden Wölfe. Wenn noch Nachfahren seiner Widersacher lebten, würden sie ihn umso schneller aufspüren. Sie würden wissen, dass seinesgleichen nie weit von den Kindern der Nacht entfernt war. Sie würden die Wölfe sehen, würden einen Blick auf seine helle Haut, das helle Haar, die dunkle Kleidung, die undurchdringlichen Brillen, seine verbrannten Hände werfen, würden seiner Existenz ein Ende bereiten. Doch davor würden sie ihn quälen, würden ihn in Knoblauch dünsten, mit Weihwasser aufgießen und dem Henker auf einem Kreuz servieren, würden seinen Kopf abschlagen und sein Herz durchbohren. Und dann würden sie … Er wischte sich den kalten Angstschweiß von der Stirn und lehnte sich gegen die Haustüre. Mit panikweiten Augen starrte er in die dämmrigen Räume, es war ihm kalt, sein Zittern unkontrollierbar. Die Lage war ihm entglitten, die Willkür des Zufalls hatte sein Schicksal im Griff, es waren nicht länger seine Hände, die die Handlungsfäden seiner Welt hielten. Wahrscheinlich war Serena schon mit seinem Brief zu jemandem gelaufen, von dem sie Schutz und Hilfe erwartete. Womöglich hatte sie einen Verwandten seiner Widersacher kontaktiert, einen, der das Feuer überlebt hatte, der auf Rache sann … Seine Hände verkrampften sich zu Fäusten, seine Lippen zogen sich in hilflosem Zähnefletschen zurück, eine Grimasse richtungsloser Angst und verzweifelter Auflehnung gegen die Gedanken, die in seinem Kopf eine grausige Karussellfahrt vollführten. Mitten in diesen inneren Tumult erschallte die Klingel. Für einen Moment stand die Welt still, erstarrte in der tiefgefrorenen Reglosigkeit kopfloser

Panik. Sie waren da. Sie waren gekommen. Sie hatten ihn gefunden. Sein Ende war besiegelt. Sie würden ihm all die kleinen Grausamkeiten antun, die ihn nicht töteten. Sie würden den Tod, das Ende, die Vernichtung für später aufheben, zur abschließenden Krönung. Denn dann würden sie ... Es läutete abermals. Er fuhr herum und riss die Türe auf, erstarrte wieder. Sie waren es nicht, die ihn heimsuchten, ihn zu vernichten. Sie war es, die spätestens seit seinem Brief diesen Ort hätte meiden müssen wie seinesgleichen das Feuer, die die Chance der Rettung ergreifen, sein Leben zur Ruhe kommen lassen sollte und somit – in kurze Worte gefasst – nicht hier zu sein hatte. Seine Hände zitterten von der ausgestandenen Angst, es wallten Ungeduld und Zorn in ihm hoch. Nicht einmal sein Brief hatte so funktioniert, wie es zumindest ein Teil von ihm erhofft hatte. Warum konnte so gar nichts, aber auch absolut nichts so gehen, wie er es plante, wie er es berechnete? Warum mussten ständig Dinge geschehen, die er nicht erwartete? Warum konnte sie ihn nicht in Frieden lassen?

Sie fuhr zurück, als die Türe aufgerissen wurde. Verwundert sah sie ihn an, wie er sie anstarrte, sein bleiches Gesicht reglos und angespannt, die Augen schreckensweit, die Haare wirr, sein Ausdruck der eines Mannes, der gerade von einem Urlaub in der Hölle zurückgekehrt war, wo er alle Qualen am eigenen Leib verspüren durfte. Ihre Unruhe, Nervosität oder wie man es nennen mochte, war von ihr abgefallen, als sie die weiß getünchte Mauer, die darüber wuchernden Rosen erblickt hatte, das Schindeldach, das Tor, die Steinplatten in der Wiese, die weißen Wände hinter den Blumenbeeten, die Schrift im schwindenden Abendrot. Es war ihr nicht unangenehm, dass er sie stumm anstarrte, sie nahm sich Zeit, ihn genauer zu betrachten. Sie wusste nicht, wie lange das Blickduell andauerte, irgendwann schloss er die Augen, fuhr sich mit einer Hand über das Gesicht, schüttelte leicht den Kopf, zog mit der anderen Hand das Haustor zu. Unsicherheit kehrte zu ihr zurück, erstaunlich wenig, sie fragte sich, ob sie vielleicht doch träumte. Er kam jetzt auf sie zu, sperrte mit zitternden Händen das schmiedeeiserne Tor auf und öffnete es für sie, immer noch wortlos. Sie warf ihm einen verwunderten

Blick zu und trat ein, ging von Stein zu Stein auf das Haus zu. Das Gartentor fiel kreischend hinter ihr zu, wieder knirschte der Schlüssel. Dann war er neben ihr, kam mit ihr zugleich beim Haus an, eine Hand legte sich leicht an ihre Schulter, die andere schwang die Türe weit auf. Sie zögerte, sah zu den Schriftzeichen auf und trat ein, tauchte in das Dunkel des Hauses. Die Türe schloss sich hinter ihr, sperrte das Dämmerlicht der blauen Stunde zwischen Tag und Nacht aus. Sie sah nichts mehr, hörte auch nichts, außer ihrem Atem und Herzschlag, spürte nur seine Anwesenheit. Es roch nach kaltem Feuer, nach feuchter Erde, altem Laub, nach verrottenden Nadeln. Es war sehr still, und in diese Stille mischte sich jetzt lautes Atmen, zwei Paar runder Augen blitzten vor ihren Füßen auf. Angst packte sie, zerriss die klare Ruhe wie in einem Traum, der plötzlich zum Albtraum wird. Sie fuhr herum, tastete nach ihrem Gastgeber, ihre Hand schlug gegen seinen Hals. In ihrer Panik gefangen klammerte sie sich an ihn. „He ...", murmelte er und hielt ihre Hand mit seiner an seinem Hals, legte einen Arm um sie, als sein verwundertes „He" ihre Panik durchbrach und sie, über ihr ungehöriges Handeln erschrocken und davon peinlich berührt, zurückweichen wollte. Sie hielt inne, versuchte zu erfassen, was geschehen war, dass sie sich plötzlich im Arm eines Fremden befand, ihre Hand an seinem Hals, die seine darüber. Die Angst kehrte zurück. Die Hand auf ihrer war klamm durch den Handschuh. Der Hals war ebenso kalt. Und unter ihren Fingern, wo seine Schlagader hätte pulsieren müssen, war nichts als regungslose Leere. Sie spürte sogar die Erhebung der Ader, doch rührte sich nichts darin, und der schnelle Atem, der die Luft erfüllte, war auch nicht der seine. Es waren da nur ihr eigenes verschnupftes Atmen und ein eigenartiges Hecheln. „Ich mache Licht, damit du dich umsehen kannst", sagte er, sie spürte seinen Kehlkopf vibrieren im stillen Hals. Wie eine Schaufensterpuppe ließ sie sich zur Seite schieben. Sie spürte, wie er ging, kein Geräusch begleitete seine Bewegungen. Dann zischte ein Zündholz, und gleich darauf brannte eine Kerze in ihrer Halterung an der Küchenwand. Sie warf tiefe Schatten und warmes, goldenes Licht auf Simeon Amon, und ihre Angst wich ein wenig, als sie das leichte Lächeln sah, das seine Mundwinkel hob – das sonderbare Lächeln, das Sunna so fasziniert hatte. „Häng' deine Jacke auf, zieh' die Schuhe aus, sieh' dich um", lud er sie ein, ging zu einer zweiten Kerze in der Küche. Die Küche war alt, weiße Kacheln am Boden, zwei weiße Kredenzen, ein seltsamer Ofen mit Metallplatte, ein Bottich, ein Tisch mit einer Bank und einem Sessel, alles ein wenig abgeschlagen, doch peinlich sauber gehalten – als ob es nie benützt würde. Der Raum war mehr ein Gang nach links, an dessen Ende eine weiße Türe war. Serena kam seiner Aufforderung nach und ging ohne die schlammigen Schuhe den Küchengang entlang. Es war gegenüber vom Ofen ein Fenster, das er geöffnet hatte, sie sah hinaus in den Garten. Rosenduft kam mit der kühlen Brise herein. Neugierig öffnete sie die Türe. Ein fensterloser Raum lag dahinter, in ihm eine Handpumpe mit Emaille-Waschtisch, eine alte Badewanne mit Löwenfüßen und eine Holztüre, die nur in den Schuppen daneben führen konnte. Serena verzichtete darauf zu erforschen, ob hinter dieser ein dem Sanitärstandard gemäßes Plumpsklo war, ging zurück in das Vorzimmer. Rechts das Haustor, links eine offene Türe. Sie sah hinein. Ein alter, in warmen Rottönen gehaltener Perserteppich bedeckte den Boden in prunkvoller Grandeur. Der Türe gegenüber waren zwei Fenster, die jetzt geöffnet waren, rechts und links an den Wänden je eine Türe. Die Decke war wie die Wände mit dunklem Holz getäfelt, Regale begrenzten den Raum, auf denen sich alte Bücher Rücken an Rücken drängten. In den wenigen Nischen dazwischen thronten arabische Vasen und Krüge. In der Mitte der Decke hing ein schwarzer Metallluster, in dem neun Kerzen ihre Flammen erstrahlen ließen. Bei einem Fenster stand ein Schaukelstuhl, über dem ein farbenfroher kleiner Perserteppich lag. Einen hohen, strengen Lehnstuhl orientalischer Machart schob Simeon Amon soeben zu dem anderen Fenster, von ihm aus hatte er die Kerzen entzündet. Die Türe an der rechten Wand war geschlossen, die an der linken stand offen. Serena querte das Zimmer, genoss den dicken Teppich unter ihren Füßen. Sie sah von der Türe aus in den Raum dahinter. Simeon Amon betrat es mit seiner unheimlichen Lautlosigkeit, öffnete das Fenster, entzündete eine Kerze über einem alten Schreibtisch. „Sekretär" hatten diese klobigen Monster früher geheißen. Auf dem Sekretär stand ein großes Tintenfass, daneben ruhte eine prächtige, dunkle Feder auf dem vom Alter gezeichneten Holz. Damit hatte er den Brief geschrieben. Ein breites, mit Kissen und Decken überhäuftes Bett stand in einer Ecke, an den Wänden standen dunkle Kästen und eine wuchtige Kommode, alle mit orientalischen Mustern und Fabelwesen verziert. Auf dem Boden lag auch hier ein prächtiger Perserteppich, an den Wänden neben dem Bett hingen arabische Wandteppiche. Der Raum sah aus wie ein Traum aus Tausendundeiner Nacht. Vor dem Bett saßen zwei entzückende Welpen, flauschige Fellbällchen mit blauen Augen. Sie hatten das Hecheln verursacht, das sie im Finstern so erschreckt hatte. Ihr Gastgeber stand vor dem Fenster, die Arme verschränkt, beobachtete sie lächelnd, seine Nasenflügel bebten ein wenig, als witterte er sie.

Er sog tatsächlich mit großer Intensität die Luft auf, die ihren Geruch mit sich trug. Er roch ihre Unsicherheit, ihre Neugier, ihre Angst, die im Hintergrund lauerte. Die befremdliche Sicherheit, die über all diesen Gerüchen lag und ihnen spottete, spürte er nur. Er wartete ab, seine Ruhe rein äußerlich, in ihm herrschten Aufruhr, Chaos, Anarchie. „Süße Hunde", sagte sie jetzt. „Wölfe", korrigierte er. „Sie wurden mir heute von einem Vagabunden meiner Art angedreht. Sie haben noch nicht einmal Namen …" Ihre Augen weiteten sich, ihre Hand fuhr wie von selbst an ihren Hals, die Hand, die so warm und angenehm vor Kurzem an seinem Hals geruht war. „Wölfe?" Sie bedachte ihn mit ungläubigem Blick. Er nickte. „Die Kinder der Nacht …", murmelte sein verräterischer Mund, und er sah Verstehen in ihren Augen aufblitzen – und unerklärliche Heiterkeit. „Ze children of ze night, lissen to zem! Wot sweet musick zey make!", intonierte sie rätselhaft. „Bela Lugosi? Kein Begriff?", fragte sie, als sie seiner Verwirrung gewahr wurde. Er konnte nur den Kopf schütteln. „Horrorfilm-Klassiker. B-Movie. Dracula", erklärte sie, und er nickte. Der Ärger über ihr Aufscheinen war immer noch in ihm, doch war er jetzt dezent im Hintergrund, schwelte im Verborgenen, lauerte, um im am wenigsten geeigneten Moment hervorzubrechen, wie er vermutete. „Was bin ich nur für ein nachlässiger Gastgeber", lenkte er von seiner Bildungslücke ab, war mit wenigen Schritten bei ihr, legte eine Hand auf ihre Schulter, spürte die Wärme, die sie ausstrahlte. Sie ließ sich von ihm durch die Zimmer führen, Wellen der Verwirrung und stärkerer Angst gingen von ihr aus. „Ich habe ganz vergessen, dir etwas zu trinken anzubieten. Was für Wein hättest du denn gerne?", fuhr er fort und ließ ihre Schulter widerwillig aus, als sie im Vorraum angekommen waren. „Ich ... ich weiß nicht ... ich kenne mich nicht so aus ...", stotterte sie, und es versöhnte ihn ein wenig mit seinem Schicksal, dass er nicht der Einzige war, in dem Chaos herrschte. Er entzündete eine Kerze, die in ihrem tragbaren Halter auf der Kredenz neben dem leeren Türstock stand, und meinte: „Na, dann komm einfach mit hinunter, triff deine Wahl an Ort und Stelle." Sie nickte. In ihr rangen verschiedene Gefühle um Vorrang. Diese Stimmung war gefährlich, es war nicht vorauszusehen, in welche Richtung sie schlussendlich umschlagen würde. Er öffnete die Türe – die dritte, die in den kleinen Vorraum führte – und ging voran, die Kerze hoch erhoben, mehr für sie leuchtend als für sich.

Sie folgte ihm die enge Stiege hinunter, ein mulmiges Kribbeln in der Magengegend, hinein in die Finsternis, in der ihre knirschenden Schritte und ihr Atem die einzigen Geräusche waren. Der Keller war in zwei kleine Räume unterteilt. Der vordere war voll mit Gerümpel, alten Polstermöbeln und Haufen von Kissen, an der Wand lehnten schiefe Stellagen. In den Polstermöbeln quietschte etwas. Sie packte Simeon an der Schulter, die ihr zu kühl erschien unter dem Hemd: „Was ist dort?" Er drehte sich zu ihr um, schenkte ihr jenes Heben der Mundwinkel, das bei ihm ein Lächeln war, und erklärte: „Ich nehme an, der Clan von Bonnie Prince Charlie." Sie schüttelte den Kopf, fühlte hysterisches Gelächter in sich aufsteigen, unterdrückte es und forschte nach: „Was?" Sein Lächeln wurde eine Spur breiter, es erhellte seine Augen, seine Stimme: „Bonnie Prince Charlie ist der Name, den ich dem Teamchef der Rattendynastie gegeben habe, die hier wohnt." Sie fühlte, wie sich alle Haare zu sträuben versuchten, worin die dünnen Härchen an ihren Armen erfolgreicher waren als ihr Haupthaar. Ihr Magen schien sich in einem Aufzug zu befinden, stieg bis knapp unter den Kehlkopf. „Ratten", krächzte sie. Sie hasste Ratten fast so sehr wie Spinnen. Sie hatte fast so panische Angst vor ihnen wie vor Fledermäusen. „Es ist mir egal, was für ein Wein", sagte sie und warf nur einen flüchtigen Blick auf die Weinregale im Nebenraum. „Ich warte oben auf dich und den Wein deiner Wahl." Er drückte ihr den Kerzenhalter in die Hand, und sie floh. Erst als sie oben angekommen war und die Türe zum Keller hinter sich geschlossen hatte, fiel ihr auf, dass sie ihn im Stockfinstern zurückgelassen hatte. Wie sollte er jetzt einen Wein aussuchen? Sie dachte an das Quietschen und Rascheln, und ein Schauer überlief sie. Sie ging langsam in die Küche, stellte die Kerze auf den Tisch, ließ sich auf den Sessel fallen. Was machte sie hier? Hatte er sie nicht gewarnt? War sie denn völlig verrückt? Ratten – Fledermäuse – der Geruch nach frischer, feuchter Erde und Nadeln und altem Laub, der jetzt von dem der Rosen und der Blumen vor der Hausmauer ersetzt worden war ... Sie stand halb auf, wollte fliehen, aus diesem Zeitloch, diesem fremden Haus. Sie sank auf den Sessel zurück. Wie er sie angeschaut hatte, fiel ihr ein, und wie kalt sein Hals gewesen war, seine Hände, seine Schulter, wie leer und still seine Schlagader. Sie dachte daran, was er riskiert hatte, mit seinem Brief, und als er ihre Schwester ganz getötet hatte, nicht teilweise. Andere Galane töteten Blumen zur Balz, versuchte sie sich durch Galgenhumor zu beruhigen. Der Versuch war zum Scheitern verurteilt. Ihre Hände verkrampften sich vor Unentschlossenheit ineinander, sie kämpfte mit sich, bleiben oder gehen, Rettung oder Verdammnis, Intensität des Lebens oder ewiges Verbergen ihrer Natur ... und welcher Begriff gehörte wohin? Etwas Kaltes berührte ihren Fuß. Sie holte scharf Luft und sah hinunter. Eines der Wolfsbällchen hockte vor ihr und sah zu ihr auf. Sie hob es hoch, setzte es vor sich auf die Tischplatte, legte die Arme um es, vergrub ihr Gesicht in seinem Fell und ließ den Tränen freien Lauf, von denen sie nicht gewusst hatte, dass sie in ihr waren. Der kleine Wolf drehte sich zu ihr um, leckte das Salzwasser von ihren Wangen. Er ließ sich nicht ablenken, als die Türe zum Keller auf- und zuging. Er blieb im leeren Türstock stehen und sah sie an. Wie sie am Tisch kauerte, weinte, verloren und verlassen wirkte. Er ging zum Tisch, stellte die Flasche ab, nahm zwei Gläser aus der Kredenz, stellte sie neben die Flasche, öffnete diese, füllte die Gläser. Jede seiner Bewegungen war ruhig und bedächtig. Dunkelrot schimmerte der Wein im Kerzenlicht. Es gab nichts mehr, was zu tun gewesen wäre, um das Problem der Problemlösung aufzuschieben. Er hob den helleren Wolfsball auf und kraulte dessen Hauptbestandteil – Fell. Was sollte er tun? Er sah sich zum wiederholten Male, seit er in diese Stadt gekommen war, einer unbekannten Situation gegenüber, der er sich nicht gewachsen fühlte. Sein Mund übernahm die Arbeit und schlug ohne Simeons geistiges Zutun mit besorgt-freundlicher Stimme vor: „Wenn du willst, schenke ich dir den Kleinen. Er mag dich." Sie hob ihr tränenverschmiertes Gesicht und starrte ihn an. „Du … du würdest ihn mir schenken?", flüsterte sie, ihre ringbesetzten Finger vergruben sich im dichten Fell des Wolfswelpen, der sie anhimmelnd ansah. Er lächelte und nickte. „Er liebt dich." Sie sah den kleinen Wolf an. Der Welpe starrte hingebungsvoll zurück. Sie strahlte Simeon voll stummer Dankbarkeit an, neue Tränen auf ihren Wangen. „Wie wirst du ihn nennen?", fragte er, um sich von dem ungewohnten Gefühl abzulenken, das ihn von innen heraus zu erwärmen schien wie zuvor ihre Hand. Sie zog ein Taschentuch aus ihrer Hosentasche und schnäuzte sich. „Akela", sagte sie. „Wie der im Dschungelbuch." Simeon kannte zwar dieses besondere Buch nicht, doch liebte er Bücher im Allgemeinen, und so nickte er erfreut. „Ich werde meinen Wurdelak nennen", bestimmte er. Er beträufelte die Nasen der beiden Wölfe mit etwas Wein und setzte Wurdelak auf den Boden. „Ich habe Chianti ausgewählt." Sie setzte Akela neben seinen Bruder und hob ihr Glas. Auch er hob das seine und sprach beinahe feierlich: „Trinken wir auf die Nacht." Er spürte ihre Verwirrung abklingen, und ihre Stimme war ruhig und sicher, als sie wiederholte: „Auf die Nacht." Sie tranken schweigend. Schließlich sagte Serena: „Ich habe den Brief verbrannt und niemandem davon erzählt." Er musste nicht fragen, wovon sie niemandem erzählt hatte. Er wusste, dass sie alles meinte, was mit ihm zu tun hatte. Seine entthronte Vernunft störte den inneren Einklang, glaubte dem Gefühl nicht, Spannung begann, sich in ihm aufzubauen. „Warum hast du dich nicht gerettet? Warum bist du gekommen?", fragte er, seine Hand zitterte, als er nachschenkte. Sie schwieg, sah in das Glas, in die Flamme, schien den Lauten der Nacht vor dem Fenster zu lauschen. Die Spannung füllte ihn aus, dazu mengten sich Angst und Unsicherheit, Verwirrung packte ihn wieder, Zweifel, Misstrauen und der Zorn über seine Hilflosigkeit und das krumme und verbeulte Wesen seines einstmals so geradlinigen Lebens. Und sie schwieg, schwieg schier ewig, trank langsam und nachdenklich den Wein, überlegte sich die Antwort mit nervenaufreibender Ruhe. Er schloss die Augen, leerte sein Glas zu schnell. Mit unsicherer Hand schenkte er nach, die Flasche war leer. „Ich bin gekommen, weil ich glaube … nein, weil ich fühle, dass ich dich verstehe", sagte sie und leerte ihr aufgefülltes Glas fast zur Gänze. Die Spannung und Gereiztheit entluden sich, er konnte sich nicht davon abhalten, mit wachsendem Entsetzen hörte er sich zu, wie er sie leise, aber heftig anfuhr: „Wie kannst du es wagen, auch nur anzudeuten, dass du mich verstehst! Wie kannst du es wagen! Niemand, hörst du mich, ich sage es dir in aller Klarheit, niemand hier kann mich verstehen, niemand kann das! Nicht Artgenosse, nicht Mensch! Auch du nicht!" Er schloss seinen eigenwilligen Mund und starrte leer auf das halbvolle Glas in seinen zitternden Händen. Jetzt würde sie gehen. Wütend, verletzt vielleicht, eventuell erschrocken, jedenfalls empört über seinen vermessenen Wutausbruch. Sie würde gehen, Akela mitnehmen, und er würde die beiden höchstens zufällig von Weitem jemals wiedersehen, wenn sie ihn nicht gar verriet. Er war hilflos gegenüber der ungeahnten Trauer, die ihn bei diesem Gedanken erfasste. Ihre Hand legte sich auf seine, leicht und warm, und als er überrascht aufblickte, sah er direkt in ihre Augen. Sie lächelte verwirrt und unsicher und sagte mit stockender Stimme: „Aber genau das verstehe ich ja." Sie trank ihr Glas aus und ging. Wie versteinert sah er ihr zu, wie sie Jacke und Schuhe anzog, wie sie Akela hochhob, wie sie in der Türe zögerte und unbeholfen „Bis später irgendwann", murmelte. Erst als sie das Haus verlassen hatte, löste sich seine Starre, er sprang auf, schnappte den Schlüssel, holte sie beim Gartentor ein, sperrte vor ihr auf und hinter ihr wieder zu. Seine Stimme hatte er noch nicht wieder gefunden, und so starrte er in Schweigen hinter ihr her, wie sie in die Nacht verschwand, stand noch am Tor, als er sie nicht länger sah oder hörte, als ihr Geruch schon verweht war, und nur der Duft der Rosen und des Waldes im Nachtwind durch den von Steinmauern umgebenen Garten zog.

Der laue Abendwind zerrte und zupfte an dem zusammengerollten Briefumschlag, der in einem der schmiedeeisernen Ornamente des Gartentors steckte. Er strich sacht über die schwankenden Rosen und ließ das Blumenmeer um die Hauswände wogen. Die Sonne war untergegangen, vereinzelte Streifen von rosa Dunst durchzogen den tiefblauen Himmel. Wurdelak hopste durch das dichte Gras, neugierig und unbeschwert. Simeon öffnete die Haustüre, ließ den Wind der nahenden Nacht durch die Räume streichen. Der weiße Briefumschlag schimmerte im Zwielicht, er sprang ihm fast schmerzlich ins Auge, und ein beunruhigtes Vibrieren begann in seiner Magengegend, als er das knisternde Papier aus dem Tor zog und glatt strich. „Simeon Amon" stand außen darauf, und er erkannte die Schrift. Es war dieselbe, die auf dem kleinen Zettel gewesen war, der ihn über Sunnas Begräbnis informiert hatte. Es war Serenas Schrift. Er starrte stumm auf den Umschlag, als könnte der ihm Auskunft geben, ihn schonend auf den Inhalt vorbereiten. Das flaue Vibrieren um seinen Magen nahm zu, legte klamme Finger an seine Kehle. Abrupt kehrte er um, eilte in das Haus zurück, in das hintere Zimmer. Er entnahm einer Lade des Sekretärs einen feinen, verzierten Dolch und warf sich bäuchlings auf das Bett. Er setzte den Dolch an den Umschlag an und zögerte. Er war nicht sicher, ob er den Inhalt erfahren wollte. Neugier gehörte nicht zu den am stärksten ausgeprägten von seinen Charakterzügen. Er seufzte und öffnete den Brief mit einer Handbewegung. Eine Wolke von ihrem Geruch stieg aus dem Umschlag auf, umgab ihn für einige Augenblicke. Immer noch widerwillig zog er die Blätter aus dem Kuvert, strich sie glatt und begann zu lesen.

„Hallo Simeon", stand da in unregelmäßiger, weit schwingender Schrift, deren Zeilen weder gerade noch wellenförmig waren, sie waren nicht korrekt, unordentlich, nachlässig schwungvoll und doch gehemmt, als wäre ihr Schwung bei jedem Buchstaben nachträglich halbherzig gebremst, und er starrte auf die turbulente, chaotische Schrift und verspürte leichtes Schwindelgefühl, als er die Anziehungskraft dieses wirren Chaos wahrnahm. „Ich weiß nicht, wie ich dich anreden soll, und das ist nur ein weiteres Zeichen für meine Konfusität. Verzeih mir auch, wenn ich mit der Etikette breche und so Zeug wie ‚du' etc. kleinschreibe. Ich kritzle das hier in größter Eile, hoffentlich kannst du es überhaupt lesen, ich kenne meine unmögliche Schrift. Ich will dir nur mitteilen, dass mich gestern eine gewaltige Überraschung erwartet hat, wie ich nach Hause gekommen bin: Meine Vorgesetzte in der Bücherei hat von einer Bekannten in Amerika einen Anruf gekriegt, dass diese gerne einige Monate hierherkommen würde. Als Gegenleistung kann jemand von unserer Bibliothek drüben arbeiten. Dieser Jemand bin ich. Ich gehe jetzt also für etwa neun Monate nach Amerika, auf Austausch, sozusagen, während diese Bekannte meine Stelle hier annimmt. Ich habe sofort zugesagt, dieses Angebot kommt mir vor wie ein Geschenk Gottes. Mir ist hier sowieso alles zu viel, momentan, und in Amerika drüben kann ich alles in Ruhe und mit gehöriger Distanz überdenken. Ich nehme Akela natürlich mit, ich sitze gerade beim Tierarzt, der ihm alle Reisezeugnisse ausstellt. Ich fliege noch heute Abend ab, es geht alles so schnell, dass ich gar nicht zum Überlegen komme, und das ist gut so, weil sonst würd ich's mir am Ende doch noch anders überlegen. Es ist gut, dass ich von hier fortkomme – dass ich dich zum Beispiel nicht mehr sehen kann. Ich bin mir über dich nicht im Klaren. Du hast mich vor dir gewarnt, du bist unheimlich, und trotzdem ... Es ist alles zu verrückt. Es ist gut, dass ich jetzt über ein halbes Jahr Ruhe habe. Auch wegen anderer Geschehnisse hier. Es ist saublöd, aber obwohl ich irgendwie hoffe, dass ich dich in meinem Leben nie wiedersehen muss, freue ich mich jetzt schon (oder jetzt *noch*? Hoffentlich noch!) drauf, dass ich zurückkomme. Sofern du dann noch da bist. Aber ich warne dich vor: Ich werde versuchen, drüben in Amerika so sehr ich zu sein, wie ich nur kann, ich werde das Mark des Lebens in mich aufsaugen, sozusagen. Wenn ich zurückkomme, kann es also gut sein, dass du mich kaum wiedererkennst, dass *ich* mich aufgeweckt habe, dass ich nicht länger von deinem Anderssein fasziniert bin, weil ich selbst anders bin – ganz bin. Bis zum nächsten März (?), Serena."

Er ließ die zwei Blätter sinken, starrte in die Dunkelheit der jungen Nacht und horchte nach innen. Dort war nichts, kein bemerkbares Gefühl regte sich in der Leere, keine Reaktion. Er bemerkte das Zucken nicht, das mit seinem linken Mundwinkel spielte, war zu sehr darauf konzentriert, den ungewohnten Gefühlen eine Chance auf Entfaltung zu geben. Sie waren wie weggefegt. Klare, kühle Erleichterung brandete heran. Seine Existenz würde sich normalisieren. Seine Vernunft, sein Verstand atmeten auf, begannen einen kalten Freudentanz in seinem Kopf. Sie war entkommen, sie war fort, er konnte in Frieden weitermachen, seine Opfer erwählen, ihnen ihre Intensität nehmen, unauffällig, im Schatten der Nacht, in Sicherheit existieren, soweit ihm das möglich war. Er konnte die wenigen Konstanten seiner Existenz wieder um sich scharen, die sicheren Mauern neu errichten. Er war sie los, die Pechsträhne war vorbei, es ging nicht länger alles schief. Wurdelak kam herein, versuchte das Bett zu erklimmen, scheiterte, blieb davor sitzen und sah ernst zu ihm auf. Simeon sah ebenso ernst zu ihm hinunter und öffnete den Mund, um ihm mitzuteilen, wie froh er war, wie dankbar für diese wundersame Erholung des Laufs der Dinge, wie erleichtert, diese Last losgeworden zu sein, sich nicht länger Sorgen machen zu müssen, ob in dem neuen Unterfangen alles gelang. „Warum?", fragte sein verräterischer Mund in teilnahmslosem Tonfall. Vergessen waren all die zahllosen Gründe, die ihre Flucht heraufbeschworen hatten – Gründe, die aufzuzeigen er nicht müde geworden war. Vergessen war der Umstand, dass zwischen seiner Existenz und Serenas Leben der Tod lag – ihr Tod –, ebenso die bezwingende Tatsache, dass die Menschen fast alles auf ihrer immer weniger grünen Erde ausgerottet hatten, was ihr Leben bedrohte, niemals auf die Bedürfnisse anderer Wesen achtend, gnadenlos und unüberlegt. „Warum nur?", wiederholte Simeon, und allmählich schlich sich Trauer in den monotonen Klang seiner Stimme, anfangs still und ruhig, mit der Zeit aber zunehmend. Er setzte sich auf und hob Wurdelak auf seinen Schoss. „Was habe ich ihr denn getan? Weshalb geht sie fort? Was ist an mir so schrecklich, dass sie davonläuft? Warum hat sie Angst vor mir?" Wurdelak hatte keine Antworten auf diese Fragen. Der langsam steigende Schmerzpegel in der Stimme seines Gottes beunruhigte ihn. Er winselte und steckte seine Nase in Simeons Hand. Der kraulte wie mechanisch das weiche Babyfell und starrte aus dem Fenster, eingehüllt in den Mantel aus Leere, der ihn gefangen hielt, der ihn lähmte und der eine Spannung enthielt, die wuchs, die Leere füllte, füllte, füllte. Er hielt im Fellkraulen inne, horchte in sich hinein, ein verwunderter Ausdruck in seinem Gesicht, Erstaunen hielt ihn gebannt, Erstaunen über das Chaos in ihm, das sich nicht legte, sondern im Gegenteil stärker wurde, obwohl sie fort war, weit fort, und auch nach ihrer Rückkehr unerreichbar sein würde, unendlich fern, in der Welt der Menschen und des Lichts, entkommen für immer. Diese Erkenntnis überfiel ihn mit erstickender Gewalt, sein Gesicht verzerrte sich zu einer Grimasse von Schmerz und hilflosem Aufbegehren, er schrie einen lautlosen Schrei in die warme Sommernacht, in dessen Stille das Chaos und die Pein seiner Seele lagen.

In einem Flugzeug über den Weiten des Atlantiks fuhr Serena aus leichtem Schlaf, das Bild in Dunkelheit blitzender Zähne vor Augen, einen lautlosen Aufschrei in den Ohren, dessen Hauptkomponenten Schmerz, Angst, Trauer, Verwirrung waren.

Doch noch etwas war darin gelegen, schwach und verborgen, und das machte es ihr unmöglich wieder einzuschlafen, war der Grund für ihre plötzliche Angst, die aufgescheuchte Nervosität, mit der sie aus dem Fenster starrte. Am Rande des verzweifelten Chaos war ein Funke grimmig rasenden Zorns aufgeglommen, hatte vernichtender Hass gelauert.

TEIL 2

NACHT

Eisiger Wind bewegte die kahlen Äste des Obstbaums vor dem Fenster, ließ seinen gespenstischen Schatten über die mondhelle Wand huschen, pfiff gnadenlos in die kleinen Räume. Auf dem dicken Perserteppich vor dem Bett lag ein magerer Wolf, sein Winterfell silbergrau, seine Augen goldgelb. Er war noch jung, doch war er schon jetzt groß und sah gefährlich aus. Die beißende Kälte der Nacht machte ihm nicht zu schaffen. Hie und da sah er nervös vom Fenster zum Bett. Dort lag sein Herr, starrte reglos an die Decke, ohne die schwankenden Schatten darauf zu bemerken. Sie waren wieder nicht auf die Jagd gegangen, schon die dritte Nacht nicht. Er war hungrig, und auch sein Herr musste hungrig sein, sogar noch hungriger, denn er konnte sich nicht von den Ratten im Keller ernähren, wie der Wolf es in seiner Not tat. Der Morgen würde bald dämmern, ein Vogel sang im nahen Wald, die Luft roch nach Schnee und Eis. Der Wolf stieß ein winselndes Seufzen aus und ließ den Kopf sinken, seine dunkel umrandeten Ohren zuckten unruhig.

Simeon Amon lag auf dem Rücken. Er war mindestens so mager wie sein Wolf, denn er funktionierte nicht mehr reibungslos. Seit Monaten lag seine Existenz in Scherben um ihn. Der anfänglich ferne Zorn über das Misslingen seines Plans hatte sich schnell zu schäumender Wut und wilder Raserei gesteigert, war dann abgeklungen und hatte ihn orientierungslos und richtungslos zurückgelassen. Seine bisherige Existenz wieder aufzunehmen erschien ihm zu wenig. Nach dem Gefühlssturm breitete sich Flaute aus, endgültig und leer, grausam leer. Diese Flaute entpuppte sich als Treibsand der Gefühle, die ihn in ihrer Schlammschlacht gefangen und seine reine Vernunft befleckt hatten. Ein unwiderstehlicher Sog zog ihn tiefer und tiefer hinab, hielt ihn in Gefühlswirren gefangen, die ihr Ziel, ihren Zweck, ihre Rechtfertigung und Ursache an Amerika verloren hatten. In den ersten Monaten hatte er trotz des inneren Tumults seine unauffällige, geordnete Existenz geführt, doch mit dem Nahen des Herbstes war der Treibsand zu hoch gestiegen, erstickte er in den ungezügelten Emotionen, erstickte langsam und kontinuierlich, obwohl ihm seine Lage längst über den Kopf gewachsen war. Wurdelak rettete ihn, denn er war es, der Simeon immer wieder so weit aus seiner hilflosen Starre riss, dass sie jagen gingen – in der Nacht den Wald durchstreiften, Wurdelak auf der Suche nach Wild, Simeon auf der Suche nach Mensch. Wie durch ein Wunder waren ihre immer selteneren Ausflüge erfolgreich. Doch sie wurden rarer, und während sich Wurdelak durch die Dezimierung des Clans von Bonnie Prince Charlie mehr schlecht als recht ernährte, verfiel sein Herr zusehends. Er schlief nicht mehr, lag oft tage- und nächtelang auf dem Bett, starrte auf die weiße Decke und nahm nichts um sich wahr, während seine Gedanken um immer dasselbe Thema kreisten wie Aasgeier um ein schwaches, sterbendes Tier. Was war seine Existenz? War es Leben oder Tod, wo gehörte er hin? Er hatte sein Dasein als selbstverständlich hingenommen, wenig darum bekümmert, ob seine Umwelt mit der Wirklichkeit des Simeon Amon zurechtkommen konnte, da sie nie davon erfahren durfte. Er hatte sich nie mit der paradoxen Natur seiner Andersartigkeit befasst. Nie zuvor. Bis jetzt. Jetzt musste er über sich nachdenken, und es drohten ihn Fragen zu ersticken. Er war menschenähnlich, doch hatte er etwas Unerklärliches abgelegt, war ihren Zwängen entwichen, hatte ihre Beschränkungen abgestreift bis auf eine: Hunger. Der Hunger nach Schlaf, nach Blut – Nahrung, Intensität, Leben. Er war frei von Alltäglichem, frei vom Tod, frei von ihrer Gesellschaft, ihrer kleinlichen Vorstellungskraft, ihrer gebändigten Gefühlskapazität. Welch ein Hohn, dass ihm diese Freiheit zum Verhängnis werden sollte. Er war frei von ihren körperlichen Zwängen – kein Blut floss durch seine Adern, er brauchte keine Luft zum Atmen. Er war jenseits ihrer kleinen, engen

Welt, doch bezahlte er erstmals den Preis für seine Existenz: Es erschreckte die Menschen, was er war, stieß sie ab. Die Realität seines Daseins machte ihn zu einem Grenzgänger zweier Welten, und die Grenze konnte nur einmal überschritten werden, und nur in eine Richtung. Serena schrak vor ihm zurück, wollte die Grenze nicht queren, wollte ihr Leben nicht gegen eine Existenz wie die seine tauschen, die nicht zwischen Leben und Tod, sondern jenseits davon lag. Oder sollte er sich täuschen, war er noch am Leben, war er schon tot? War er ein Untoter, einer, der gestorben war, um ewig tot nicht sterben zu können? Aber wenn er tot war, wie konnte er in einen derartigen Gefühlssturm geraten, wie konnte er diesen Menschen Serena so sehr lieben, dass er sie wandeln wollte, koste es, was es wolle? Wie konnte er träumen, denn Träume waren es wohl, die ihn manchmal heimsuchten, an ihm vorüberstrichen wie Krähen im Winter, Träume, in denen Serena plötzlich zurück war, nicht im Licht und unerreichbar, in denen sie sich nicht voll Angst und Ekel von ihm abwandte, seine kalte Haut mit angewidertem Schauer mied, ihn seinen Feinden auslieferte, Träume, in denen sie dem erbarmungslosen Gleißen der Sonne den Rücken kehrte und zu ihm in das samtschwarze Dunkel der Nacht floh. Tot zu sein bedeutete, keine Zukunft zu haben, und wenn er tot war, weshalb hatte er noch eine Zukunft, wohin würde sie ihn führen, wenn er ihr folgte? Immer wieder kehrte dieselbe Frage zurück, mit unausweichlicher Heftigkeit, durchdrang die roten Schleier von Hunger und Erschöpfung: Wenn er tot war, weshalb erfüllte ihn der Schmerz seiner Angst, seiner Trennung von der ahnungslosen Serena, seiner Einsamkeit mit solchem Leben, warum fühlte er trotz seines sicher und langsam nahenden Untergangs, trotz seiner richtungslosen Unsicherheit mehr Leben und mehr Kraft in sich als in all den Jahrhunderten davor? Diese Fragen waren seine Begleiter, hingen bleischwer an ihm, verdammten ihn zu Tatenlosigkeit, als Taten nötig waren, um seine Existenz zu erhalten. Als der erste Morgenschimmer den östlichen Horizont erhellte, als der Wolf auf dem Teppich den Kopf hob, die Augen wach, die Ohren gespitzt, plagten ihn keine Fragen mehr, keine

Sorgen, keine Rätsel. Er versank immer tiefer ins Nichts tödlicher Erschöpfung, hörte Wurdelak nicht, kehlige Belllaute ausstoßend, aus dem Haus laufen, in wilder Freude heulend gegen das Gartentor springen …

Serena starrte perplex auf die weiße Mauer neben dem Tor. Dort irgendwo war ein Klingelknopf gewesen, sie war sicher, ihn gesehen und benützt zu haben, doch nun war da nichts. Sie sah durch die schmiedeeisernen Ornamente. Fenster und Türe standen offen, dabei war es bitterkalt, Schnee lag feucht und schmutzig weiß über dem Land und spottete der Tatsache, dass es Mitte März war. Ein struppiger Wolf kam heran, kleiner, heller und viel dünner als Akela, der in Amerika zu einem Prachtexemplar herangewachsen war. Er erkannte sie, heulte, tanzte vor dem Tor auf und ab. Etwas Drängendes lag in seinen Lauten, und Simeon Amon war nicht zu sehen. Sie rüttelte am Tor. Es schwang mit lautem Kreischen auf. Akela raste in den Garten, tobte mit Wurdelak durch den Schnee. Ein Vogel antwortete mit euphorischem Frühlingsgesang auf das Rostquietschen der Türangeln, eine Krähe flog krächzend vorbei. Serena fuhr zusammen, sah sich wie schuldbewusst um. Was machte sie hier? Weshalb war sie hierhergekommen, bevor sie ihre Familie aufgeweckt hatte? Sie schaute auf den fahlen Perlmuttschimmer des frühen Morgens. Bald würde seine Zeit vorüber sein, sie musste sich beeilen. Sie zögerte, bildhafte Erinnerungen stiegen in ihr auf, vergingen sofort wieder: Ihr Versagen, in Amerika mehr sie selbst zu sein als hier, ihr Heimweh, Karls Briefe, in denen er ihr so viel erzählt hatte, das sie nicht interessiert hatte, da sie nur gerne gehört hätte, ob Simeon noch sein Unwesen trieb, ob er in Gesellschaft energiesprühender Mädchen das Nachtleben der kleinen Stadt färbte, wie sie im Flugzeug aufgeschreckt war, beim Flug nach Amerika aus Angst vor Simeon, vor wenigen Stunden aus Angst um ihn, eine unerklärliche Unruhe hielt sie in ihrem Bann. Zu viel musste sie ihn noch fragen, hatte doch ihr erster Besuch nur Fragen aufgeworfen und keine Antworten gegeben. Sie querte den Garten, ging zaudernd durch den Vorraum und das vordere Zimmer. In dem Raum dahinter entzündete sie die Kerze auf der Truhe neben dem Bett. Das einzige, was sie sich in Amerika angewöhnt hatte, war der Genuss eines abendlichen Gläschens Wein, fiel ihr ein, während sie sich mit der Kerze plagte, die partout nicht brennen wollte, und das war nicht unbedingt eine positive Neuerung. Sie schaffte es endlich, die Kerze zum Brennen zu bewegen, und drehte sich zu der stillen, hageren Gestalt auf dem Bett um. Ihre lichte, warme Welt kam ins Gleiten, als sie ihn dort liegen sah, als wäre er längst gestorben. Sie rief sich ins Gedächtnis, dass dem so war, und setzte sich auf die Bettkante. Wenn sie ihn jetzt aufweckte und wenn er so ausgehungert war, wie er aussah, war ihr Schicksal besiegelt. Einen Augenblick länger zögerte sie, dann streckte sie die Hand aus. Sein Hals war still und kalt unter ihrer Hand, kälter als je zuvor. Eine Welle der Erleichterung überschwemmte sie – war sie zu spät, war er schon gestorben oder wie die Wesen seiner Art das Ende ihrer Existenz nannten? –, dicht gefolgt von einer Woge ungeahnten Schmerzes. Ehe sie sich der zweiten Flut ergeben konnte, legte sich seine Hand auf ihre, unwirklich leicht und kühl.

Eine Halluzination. Das war es also, das war das gefürchtete Delirium, der Anfang vom Ende. Er spürte die Wärme glühend auf seinem Hals und unter seiner Hand, als wäre sie wirklich. Wahrlich bemerkenswert, eine täuschend realistische Vision. Auch das Licht der Kerze schmerzte auf seinen Lidern, als wäre es real. Die überzeugende Halluzination bewegte sich, die Hand drohte seinen Hals zu verlassen. Ohne die Augen zu öffnen, schloss er seine Finger fester, hielt die Wärme spendende Hand an seinem Hals. „Was ist mit dir geschehen? Was haben sie mit dir gemacht?", sprach die Erscheinung, und auch ihre Stimme war die Serenas, warm, zurückhaltend, voll eingesperrter Energie, voll Leben. Er öffnete die Augen und sie war da. Sie war da, sie war dieselbe, die ihn verlassen hatte, und doch war etwas anders. Sie wirkte gebrochener, der unverkennbare Geruch des Scheiterns umgab sie. Sie war gekommen und hatte ihn aus seiner Apathie geweckt, obwohl sie annehmen musste, dass das ihr Ende bedeutete. Und doch ... Es musste eine Vision sein, ausgelöst durch sein Versagen, seine Existenz zu sichern. Wie sonst konnte es sein, dass sie aussah, als wäre sie eine von ihnen? Ungläubig starrte er sie an. Sie trug einen dicken Pullover mit geradezu frivol weitem Ausschnitt und die gewohnten verwaschenen Glockenhosen. Ihre Lederjacke und ein bunter Schal lagen auf dem Boden, er roch feuchtes Leder und Wolle. Aber ihre Haare. Was früher schimmernd in einer Wolke von dunklem Rot ihren Oberkörper umhüllt hatte, war von unirdisch lichtem Blond, beinahe weiß, eine Farbe wie die seiner Haare. Hätte ihre Hand nicht so geglüht, wäre ihre Haut nicht so lebendig gerötet gewesen ... „Was starrst du mich so an?" Wäre ihre Stimme nicht so von menschlicher Angst durchsetzt gewesen ...

Der starre Blick, den er auf sie richtete, seine Augen rötlich im hageren Gesicht, beunruhigte sie fast mehr als sein Schweigen. „Was ist nur los mit dir?", fragte sie, doch bekam sie wieder keine Antwort. Sie fühlte die Unruhe zur Angst werden, ihr wurde bewusst, wie weit ihr Ausschnitt war, wie blond ihre Haare, wie einsam das Haus – und wie schnell ihr Puls, direkt an seinem Hals, seiner Hand, die ihre so unerwartet fest gefangen hielt. Nach einigen Augenblicken, die ihr unendlich vorkamen, schloss er die Augen, seufzte tief, sein Griff lockerte sich. „Deine Haare?", murmelte er, und seine Stimme war so fest, wie sein Griff es gewesen war. „Ich hab' sie gefärbt. In London. Dort hab' ich nämlich auf einen Anschlussflug drei Stunden warten müssen, und am Flughafen war ein Friseur und ..." Sie brach ab. Warum erzählte sie ihm das, wie kam sie dazu, über ihre Haare zu sprechen, wo ... Sie warf ihm einen unbehaglichen Blick zu. Er hielt die Augen geschlossen, doch nun hoben sich seine Mundwinkel zu jenem leichten Lächeln, das sein Gesicht in stille Freude tauchte, ihm einen weichen Glanz verlieh, der seine sonstige Kälte Lügen strafte. Die schlafwandlerische Sicherheit ihres bisherigen Lebens entglitt ihr, folgte der warmen, lichten Welt, die schon zuvor eine Reise in ferne Weiten angetreten hatte. Sie konnte sich beinahe am Rand der Welt balancieren sehen, spürte die Kante unter ihren Füßen, spürte, wie sie das Gleichgewicht verlor und begann zu kippen. Doch ihre Angst davor zu fallen und die bekannte Welt zu verlassen, war nicht mehr so groß wie einige Monate davor. „Ich weiß nicht, wieso, aber manchmal …" Sie verstummte. Auf einmal kam ihr die Idee, ihre Gedanken auszusprechen, nicht länger gut vor. „Manchmal…?", wollte Simeon wissen. Sie seufzte. „Es ist blöd, aber manchmal fühle ich mich, als ob ich am Rand der Welt lebe und jederzeit hinunterfallen könnte. Seit ich dich kenne." Seine Hand schloss sich wieder um ihre, sie spürte sein leises Lachen, und als er sie ansah, fand sie seine rötlich glimmenden Augen nicht mehr abstoßend und Angst einflößend. „Das ist nicht blöd, sondern wahr", sagte er, und das Lächeln verschwand zugunsten ernster Strenge aus seinem Gesicht. Dann war es zurück, und er fügte hinzu: „Es liegt an meinem Lächeln, an der Art, der Natur meines Lächelns. Ich weiß, dass du fallen wirst. Oder zumindest hoffe ich es." Serenas Unruhe verwischte die Konturen des Bildes, das so klar in ihr geruht hatte. „Das werden wir ja noch sehen", sagte sie und sah aus dem Fenster. Der Morgenschimmer am östlichen Horizont war stärker. Sie wandte sich Simeon zu, der still wie zu Beginn auf den Kissen und Decken lag und durch sein Lächeln nicht tot, sondern entspannt wirkte, und sie musste nicht fragen, weshalb er hoffte, ihren Fall zu verursachen. Sie zog ihre Hand unter seiner hervor und stand auf. „Idiot", murmelte sie. Fenster um Fenster schloss sie die Läden, sperrte den nahenden Morgen aus. Sie musste auch nicht fragen, warum sie noch hier war, weshalb sie nichts unternahm, um ihren Fall von der Kante der Welt zu verhindern, obwohl sie Angst davor hatte. ‚Angst und Unsicherheit gehören dazu', teilte sie sich mit, überhörte gekonnt die Stimme in ihr, die sie dezent darauf hinweisen wollte, dass das zwar eindeutig wahr und weise erkannt war, aber im Fall des eigenen Lebens zumindest der Faktor Unsicherheit so weit wie möglich eliminiert werden sollte, da man ja bekanntlich nur einmal im Leben die Chance zu sterben hatte, und kehrte zum Bett zurück, auf dem er wie erschlagen und aufgebahrt lag. „Gehe ich recht in der Annahme, dass du hier liegst und dich nicht rührst, weil du so gut wie verhungert bist?", erkundigte sie sich wie beiläufig. Er starrte sie an und nickte. „Ich erwarte von dir eine Antwort, die die ganze Wahrheit beinhaltet, nicht mehr und nicht weniger, wenn ich dir jetzt eine Frage stelle. Krieg' ich die?", bohrte sie weiter. Er nickte wieder. Sie sah ihn prüfend an und stellte fest, dass sie ihm glaubte. „Gut", kam sie zur Sache. „Dann sag' mir: Hat es irgendwelche Folgen, wenn du … Wenn du mich beißt und …" Sie brach ab, der Gedanke jagte ihr einen Schauer über den Rücken. „Wenn ich nur wenig nehme, gerade genug, um bis zum Abend durchzukommen, dann nicht", murmelte er, Verwunderung in seiner Stimme. „Ganz sicher keine?", beharrte sie, obwohl sie sich schon wieder dabei ertappte, wie sie ihm Glauben schenkte. „Was soll es schon für Folgen haben?", kam seine Gegenfrage, und sie hörte den scharfen Unterton von Nervosität und Ungeduld in seiner Stimme. „Ich weiß nicht … bei uns gibt es Geschichten, in de …", wandte Serena ein, wurde von ihm unterbrochen: „Herrje, vergiss eure dummen Geschichten! Es hat keine Folgen, ich verspreche es dir!" Sie begegnete seinem starren, hungrigen Blick, und es war vorbei mit dem Balancieren, sie fühlte sich, als fiele sie sehr schnell, sehr weit. Sie beachtete das mulmige Gefühl in ihrer Magengrube nicht, versuchte ihre Hände ruhigzuhalten, doch sie zitterten, als sie Simeon in die Arme nahm. Seine Hand strich sacht über ihre Stirn und Augen, und sie versank in wohligem Nichts, das alle Zweifel auslöschte.

Die Sonne war aufgegangen und tauchte den Schnee in ihr rötliches Licht, verwandelte die Welt in eine eisige Symphonie aus orangem Himmel, rosa Wolkenschleiern, goldenem Schnee, blauen Schatten und schwarzen Bäumen und Weinstöcken. Serena schloss das Gartentor hinter sich, eine Hand an ihrem Hals, ein verwirrter, geistesabwesender Ausdruck in ihrem Gesicht. Sie erinnerte sich an nichts, nachdem Simeons Finger ihr Bewusstsein gelöscht hatten. Eine leichte Berührung an der Wange hatte sie geweckt, sie hatte ein kaum merkliches Prickeln an der Kehle verspürt, seine kalte Stirn war gegen ihren Hals gelehnt gewesen. Er hatte ihr einen dünnen Schal um den Hals gebunden, hatte sie gebeten – nein, korrigierte sie sich, er hatte sie nicht gebeten. Er hatte sie angefleht – also, hatte sie angefleht, ihn nicht abzunehmen, niemanden die Male sehen zu lassen, es wäre zu auffallend, nachdem ihre Schwester solches Aufsehen erregt hatte. Nun lag die Stadt vor ihr, mit ihren grauen, nassen Straßen, dem dreckigen Schnee, den blanken, tristen Fassaden mit den hässlichen Energiesparfenstern und den Eternitdächern, ihre Gasse, öd und fremd, und irgendwo, weiter in der Stadt, lag die Bücherei, in der sie arbeitete – bis zum Ende des Monats noch. Ein Brief war nach Amerika gekommen, hatte sie über Einsparungen informiert, die die Bibliothek betrafen. Die sie betrafen, denn sie war eingespart worden. Wie sie das sah, und wie es jetzt aussah, würde das kein Problem für sie werden. Wenn sie wirklich eingespart wurde, würde ihr Vater bestimmt schnell einen neuen Posten für sie auftreiben. Wozu hatte man einen Vater, der Bürgermeister war? Sie blieb vor ihrem Haustor stehen und kramte nach dem Schlüssel. Er war nicht wie sonst in den Hosentaschen. Aufseufzend lehnte sie sich gegen die Türe und begann die Suche in den Jackentaschen, den Blick leer auf das gegenüberliegende Haus gerichtet. Schwere Regentropfen durchschnitten vereinzelt die Luft, schlugen tiefe Krater in den Schnee. Weiße Flocken segelten dazwischen wie Federn zu Boden, leicht und hell in der Düsterkeit des Tages. Die Sonne hatte den Riss in der Wolkendecke gequert und verblich hinter einem Dunstschleier am Himmel, versank in der Masse der Wolken. In der letztmöglichen der vielen Jackentaschen fand sie den Schlüssel, drehte sich um und steckte ihn ins Schloss. „Serena?", erschallte eine Stimme hinter ihr, ehe sie den Kampf mit dem klemmenden Schloss aufnehmen konnte. Sie wandte sich um und fühlte zu ihrem Erstaunen eine Welle müden Ärgers in sich aufsteigen. „Oh, hallo Chuck", sagte sie und zwang sich zu einem Lächeln. Er blieb vor ihr stehen, und er sah aus wie vor ihrer Abreise. Lediglich die Haare waren ein bisschen länger. „Du hast dir die Haare gefärbt?", fragte er, obwohl er das ja eindeutig mithilfe seines der Räumlichkeit halber doppelten Sehorgans wahrnehmen konnte. Ihr überraschender Ärger stieg. „Was sonst?", konterte sie. Karl zuckte zurück, eindeutig war er auf einen anderen Empfang eingestellt gewesen. Serena fühlte sich auf einmal sehr müde und ausgelaugt. „Entschuldige, ich hab's nicht so gemeint.

Ich bin nur k. o., der lange Flug und alles", murmelte sie. „Ich weiß auch nicht, was ich hab'." Das entsprach der Wahrheit. Ihre grundlose Aggression war nicht nur ihm unverständlich. Unangenehme Stille breitete sich aus, wurde von Karl gebrochen: „Ich wollte dich eigentlich nur begrüßen." Serena seufzte, versuchte die Gereiztheit aus ihrer Stimme zu halten: „Du gibst wohl nie auf?" An seinem sarkastischen Lächeln erkannte sie, dass es ihr nicht gelungen war. „Aber ich sehe, dass jetzt nicht der beste Augenblick ist, um mit dir zu reden. Ich ruf' dich später an, am Nachmittag, oder so", fuhr er fort, als hätte sie nichts gesagt, und ging seines Weges, nachdem er ihr ein versöhnliches Grinsen geschenkt hatte. In stummem Zorn sah sie ihm nach, verstand ihre Gereiztheit nicht, verstand nicht das unbehagliche Flattern wie von unzähligen, in ihrem Magen gefangenen Vögeln, das sie erfasste, wenn sie mit ihm sprach. Er sah zu viel, dachte sie und wandte sich dem Haustor zu. Er sah zu viel und war zu offensichtlich an ihr interessiert. Warum sie diese Tatsache bei Karl störte und bei Simeon nicht, wollte sie jetzt nicht überlegen.

„Woran liegt es, dass du immer so wundervoll drauf herumreitest, dass du nichts von mir wissen willst, und ich aber jedes Mal, wenn du mir gegenübersitzt, das Gefühl habe, als wäre das nur eine Ausrede, um mich von irgendwas abzulenken?", erkundigte sich Karl mit nervenaufreibender Beharrlichkeit. „Wunschdenken?", schlug Serena vor, ohne von ihrem Weinglas aufzusehen. Wozu auch, sie hörte förmlich seine kopfschüttelnde Stille, die den Kaffeehauslärm um sie herum zu übertönen schien. Sie verwünschte sich für die Schnapsidee mit Karl in ebendieses zu gehen. Sie hätte wissen müssen, was nur kommen konnte, hätte es sich denken können – wenn sie denken konnte, woran sie in letzter Zeit ernsthaft zweifelte. „Interessanterweise wirkst du live und in Farbe viel weniger überzeugend als auf Briefpapier", stellte er fest. „Chuck, kannst du dich nicht damit abfinden und dieses blöde Skelett im Kasten lassen?", fragte sie vage beunruhigt. „Ich meine, muss du eigentlich dauernd davon anfangen?" „Nein und ja", war seine Antwort. Serena erschauerte. Sie sah das bleiche Oval von Simeons Gesicht im Dunkel jener nebligen

Juninacht vor sich, hörte seine verwirrte Stimme: „Ja und nein." „Hallo, hallo, Erde an Serena, Chuck hier! Bitte kommen!" unterbrach Karls energische Stimme ihre Erinnerung. Sie zuckte fast schuldbewusst zusammen und blinzelte ihn an: „Ja?" „Was war das jetzt wieder?", wollte er wissen, und sein besorgter Tonfall jagte ihr tiefe Röte in die Wangen. „Ich hab' mich nur an was erinnert", murmelte sie und trank einen Schluck, um ihn nicht anschauen zu müssen. „Was wolltest du?", lenkte sie ab. „Seit wann trinkst du Wein?", fragte er. Sie zog ungläubig die Brauen zusammen: „*Das* wolltest du?" Er schüttelte den Kopf und erklärte: „Nein, das will ich jetzt wissen." „Seit Amerika", gab sie Auskunft, ohne nachzudenken, im nächsten Moment fiel ihr ein, wann sie wirklich ihre ersten Gläser Rotwein getrunken hatte. Sie sah die zwei mit rot schimmernder Flüssigkeit gefüllten Gläser auf der weißen, schäbigen Tischplatte, sah das in Kerzenlicht getauchte Gesicht Simeons, hörte seine Stimme: „Wenn du willst, schenke ich dir den Kleinen. Er mag dich." Aber das konnte sie niemandem erzählen, am wenigsten Karl. Sie sah zu Akela, der zu einer Pelzkugel zusammengerollt unter dem Tisch lag, die Augen zu schwarzen Linien geschlossen, ihr gelbes, wildes Feuer verborgen, die dreieckigen Ohren wachsam gespitzt. Zerstreut wandte sie sich Karl zu, dessen Blick voll Sorge auf ihr ruhte. „Hast du etwas gesagt?", fragte sie mit entschuldigendem Lächeln und fügte hinzu: „Ich bin noch etwas konfus, du weißt schon, Jetlag und so …" Er lächelte und nickte, doch das Lächeln erreichte seine Augen nicht, und seine Stimme war ernst. „Ja, das muss es wohl sein. Ja, ich habe etwas gesagt, übrigens. Und zwar wollte ich nur anmerken", hier machte er eine bedeutungsvolle Pause, ehe er fortfuhr, „dass ich mit dem ‚Nein und Ja' gemeint habe, dass ich das Skelett nicht im Kasten lassen kann und damit anfangen muss. Dem wäre nicht so, wenn ich das Gefühl hätte, dass du zumindest halbwegs zufrieden und glücklich bist. Das ist aber nicht der Fall", schloss er. „Im Gegenteil." Serena trank ihren Wein aus und horchte in sich hinein. Widerstreben war in ihr, ungeduldiger Ärger, doch zugleich bereitwillige Zustimmung. Etwas in ihr schrie um Hilfe, war überzeugt, dass sie die endlosen Meere jenseits des Randes der Welt nicht durchschwimmen konnte, dass sie sich als Nichtschwimmer auf dieses Wildwasserabenteuer einließ. Dieser Teil hoffte unverbesserlich auf Rettung, und diese Rettung schien durch Karl personifiziert zu sein. Doch war dieser Teil entmündigt, aller Rechte auf undemokratischste Weise beraubt. „Wenn du meinst", murmelte Serena in gespieltem Gleichmut, und ihre Hände zitterten nur ein wenig, als sie sich eine Zigarette anzündete. „Mir scheint allerdings, als würdest du jetzt neben Vampiren auch noch Gespenster sehen." Sie seufzte tief, um das Unbehagen in sich zu verbergen, und knallte ein paar Münzen auf den Tisch. Akela sprang auf, sah sie erwartungsvoll an, gehüllt in eine Wolke loser, silbergrauer Haare, die sich aus seinem dicken Unterfell gelöst hatten. „Der Fall von deiner Schwester erinnert mich eben immer noch an einen Vampir", sagte Karl. „Ebenso ihr komischer Freund da. Wie zum Beispiel auch bei Dracula ..." Weiter kam er nicht. Serena war aufgestanden, hatte ihre Jacke angezogen, war bereit zu gehen, Akela aufgeregt hechelnd an ihrer Seite, und sie unterbrach ihn mit eisiger Stimme: „Dracula ist die Ausgeburt der perversen Phantasien eines oral fixierten Blutfetischisten." Nach diesen Worten drehte sie sich um und verließ das Kaffeehaus und Karl. Sie wusste nicht, wen sie zitiert hatte, doch hätte sie ihm liebend gerne ein Denkmal gestiftet, als sie auf einmal beschwingt durch den graublauen, spätwinterlichen Märzabend eilte.

„Du wirst sehen, Wurdelak, sie kommt bestimmt. Ich weiß, dass sie kommt. Mit Anbruch der Dunkelheit wird sie da sein", flüsterte Simeon und entblößte seine langen Eckzähne in erwartungsvollem Lachen. „Und dann kannst du mit Akela auf die Jagd gehen." Wurdelak beobachtete seinen Herrn aufmerksam. Simeon war am späten Nachmittag in den Wald gegangen, zu einer tief verschneiten, steilen Forststraße, die bei geeignetem Wetter Kindern als Rodelbahn diente. Er hatte sich auf die Lauer gelegt, und tatsächlich waren vier Kinder auf ihren Plastikschüsseln von der bereits spärlich erhellten Bahn abgekommen und im Dunkel des Waldes gestrandet. Soviel die Opfer wussten, waren sie unverzüglich zu ihrer Abfahrt zurückgekehrt. Soviel Simeon wusste, hatte er ihnen vorher eine gehörige Portion Blut und kindlicher Intensität abgenommen, ihre Eltern würden sich wundern, weshalb sie plötzlich so ruhig waren, würden vielleicht die zwei Punkte sehen, sich aber nichts dabei denken. Eines hatte Simeon sogar in seinem wirren Zustand gelernt: Diese fremde, neue Welt hielt nicht viel von seinesgleichen. Er war zu seinem Häuschen zurückgeeilt, hatte die Läden und Fenster geöffnet und die Kerzen angezündet. Ihr Schein erfüllte die Räume mit Wärme und bewegten Schatten. Es war dunkel draußen, der Schnee um die goldenen Lichthöfe der Fenster war blau. Simeon stellte eine offene Flasche Rotwein auf den Tisch in der Küche, zwei Gläser daneben. Konzentriert beugte er sich über eines davon. Es war Nacht, seine Zeit, die Zeit des Lebens. Der Augenblick war nahe. Er würde es schaffen, würde es durchziehen, mit professioneller Geradlinigkeit, als wäre es nicht für ihn genauso neu und aufwühlend wie für sie. Durch die Nacht berauscht, im Dunkel gefangen, würde sie sein werden. Er goss den Wein in sein Glas und trat zurück. Es war alles bereit.

Serena blieb vor dem Gittertor stehen. Die Fenster des Hauses waren schwach erleuchtet, es sah einladend aus, wie eine Insel der Freundlichkeit in einem Meer aus Feindseligkeiten. Wie das Hexenhaus für Hänsel und Gretel ausgesehen haben musste, meldete jene unverbesserliche Ecke ihres Inneren. Sie rüttelte am Tor, doch diesmal war es geschlossen. Sie sah auf die weiße Mauer daneben. Sie wusste, dass sie bei ihrem ersten Besuch angeläutet hatte. Der Klingelknopf fehlte. Noch während sie sich über diese Unvereinbarkeit von Erinnerung und Realität den Kopf zerbrach, ging die Haustüre auf. „Komm doch herein", lud Simeon sie ein, sein eigenartiges Lächeln in seiner Stimme. „Aber es ist zu", wandte sie ein. Er schüttelte den Kopf. Sie wollte beteuern, dass sie sicher war, und rüttelte zur Demonstration erneut am Tor. Kreischend, aber sonst widerspruchslos, schwang es auf. Die allzu gut bekannte Unruhe schlich sich ein. Der dünne Wolf von Simeon huschte schattengleich an ihr vorüber, beschnupperte Akela, lief einige Meter auf den Wald zu und wartete ungeduldig winselnd. Akela sah zu ihr auf. „Nimm deinem Wolf die Kette ab und lass ihn mit Wurdelak jagen", ordnete Simeon an, und zu ihrer Überraschung kam sie dem Befehl nach, obwohl normalerweise schon die Andeutung einer Anordnung in ihrem Verhalten das Gegenteil hervorrief. Akela legte ihr wie dankbar die Nase in die Hand, und die beiden Wölfe verschwanden lautlos in der Dunkelheit. Serena ging zur Haustüre, in der Simeon stand. An ihm vorbei betrat sie das Haus, das wie immer von erdiger Stille erfüllt schien. Sie kämpfte sich aus ihren Stiefeln, konzentrierte sich darauf, um nicht nachzudenken, nicht auf die in ihr lauernde Angst hören zu müssen. Doch irgendwann waren die Stiefel ausgezogen, hingen Jacke und Schal an Haken an der Wand, und sie wusste nicht, wohin mit sich. Simeon lehnte stumm an der Türe und musterte sie, als wollte er ein Bild von ihr malen. Das Unbehagen bekam kräftige Unterstützung durch das Gefühl stark ausgeprägter Peinlichkeit. Sie sah sich um, suchte nach etwas, das zu sagen die Peinlichkeit gelindert hätte. Ihr Blick fiel auf die Türe, die immer verschlossen gewesen war. Sie war es auch heute. Sie holte Luft, wollte fragen, was dahinter war, da nahm sie eine Bewegung neben sich wahr. Simeon war lautlos an sie herangetreten und löste den Knoten, den er in den dünnen Schal um ihren Hals gemacht hatte. Sie sah ihn an, verglich den Anblick mit dem Simeon, den sie am Morgen verlassen hatte. Er war nicht mehr dürr und eingefallen, seine Augen waren dunkel und ruhig, das rötliche Flackern war aus ihnen gewichen. Ein Schauer überlief sie, als er den Schal von ihrem Hals entfernte, sie wusste nicht, ob aus Angst oder aus Vorfreude auf was immer es war, das kommen mochte. Er merkte es, sein ernster Gesichtsausdruck wich unmissverständlichem Lächeln. ‚Hab' ich dich', sagte das Lächeln beredter als tausend Worte. Was er tatsächlich sagte, widersprach dem Lächeln. „Lauf. Lauf weg. Es ist deine letzte Chance, wenn du bleibst, ist das dein Ende, dann bist du verloren. Du kannst aus deinem Leben etwas machen. Geh, geh schnell, versuch nicht, so zu werden wie ich. Du musst einfach nur weggehen", drängte er, gleich darauf zog er die Brauen zusammen, als verstünde er sich selber nicht. Serena schüttelte den Kopf.

Er nickte und trat einen Schritt zurück, hob die Schultern. „Ich habe dich gewarnt. Mach mir später keine Vorwürfe, ja?", sagte er und lauschte in die Stille, als könnte man das Poltern der Steine hören, die ihm vom Herzen fielen. Es war, als wäre er eine gewaltige Last los, und seine neue Leichtigkeit berauschte ihn, ließ ihn die Luft einsaugen, die von ihrem Atem und ihrer Geruchssymphonie durchsetzt war. „Komm, setz dich, lass uns auf diese Entscheidung trinken", schlug er vor und ging mit gutem Beispiel voran, hob sein Glas. Sie setzte sich ihm gegenüber und nahm das ihre, ohne es genauer anzusehen. Er fühlte wildes Lachen in sich aufschäumen, gab ihm aber nicht nach, denn er wusste nicht, ob sie der ungezügelten Freiheit ins lodernde Auge blicken konnte, ohne zu erschrecken. Außerdem war die Freude verfrüht, wie sich herausstellte. „Was ist das für ein Wein?", wollte sie wissen und musterte die rote, trübe, geheimnisvoll im Glas schimmernde Flüssigkeit. Er schwieg, sah die Unruhe in ihr, roch die Angst lauern, jederzeit bereit, bei einem Fehltritt seinerseits das Kommando zu übernehmen und sie ihm zu entreißen. „Das ist kein Wein", gab er zu. Sie betrachtete den Inhalt des Glases genauer. Die dicke, sattrote Flüssigkeit leuchtete lockend. Wie konnte sie widerstehen? „Was ist es?", bohrte sie. Er kämpfte mit der Ungeduld, die in ihm aufwallte wie zuvor das Lachen, und formulierte seine Antwort als Gegenfrage: „Was glaubst du, was es ist?" Sie studierte es, roch daran, schwenkte das Glas. Ekel überlief ihre Miene. Sie rümpfte die Nase und riet richtig: „Blut?" Er nickte. Sie stellte das Glas ab, als hätte es plötzlich begonnen zu glühen. „Igitt! Wen hast du denn da angestochen? Und weshalb soll ich das trinken?" Er seufzte erleichtert. Sie war noch da. Sie fragte sogar. „Ich...", begann er und hielt ratlos inne. Wie erklärte er es am besten? „Es ist mein Blut", nahm er einen zweiten Anlauf. „Und du sollst es trinken, damit du so wirst wie ich. Man muss das Blut eines von uns trinken, um gewandelt zu werden." Sie starrte auf das Glas, schnupperte daran, schaute unglücklich zu ihm hinüber. „Ich kann das nicht trinken. Es ... es ist ... ich *kann* einfach nicht! Es geht nicht!" Er lächelte sie an, fühlte, wie er sie verstand, erinnerte sich an seine Proteste, vor Jahrhunderten, wenn nicht Jahrtausenden. „Es ist der einzige Weg. Du musst wissen, was du willst", wandte er ein, kompromisslos, ja, abschreckend. Sie wand sich vor Unbehagen unter seinem forschenden, gespannten Blick. „Ich kann nicht!", wiederholte sie. „Ich würde ja, ich will ja, aber ich kann nicht!" Er roch ihre Angst, ihren Zwiespalt, und begriff, dass er sie verlieren würde, wenn er jetzt nichts unternahm. Er legte seine Hand auf ihre und drückte sie beruhigend. „Doch, du kannst", widersprach er. „Es ist ein erworbener Geschmack, wie Bier oder Wein. Es ist so einfach wie Wein zu trinken – und das hast du doch schon oft." Er hob sein Glas, trank einen Schluck. „Es geht so einfach, du hast es wirklich schon oft gemacht", beharrte er und wiederholte mit weicher, lockender Stimme: „Es ist dasselbe, wie wenn du Wein trinkst, nur ist es jetzt eben Blut." Er ließ ihre Hand los, hob das Glas. „Komm, trinken wir auf deine nahe Wandlung!"

Sie lauschte auf seine Stimme, die leise ihren heftigen Puls und ihren zu schnellen Atem übertönte. Sie sah ihm in die Augen, sah die Bitte darin, das Locken, die Hoffnung, über die Angst zu siegen, die ihren Herzschlag bis in die Kehle trieb. Sie senkte den Blick auf das dunkle, im Kerzenlicht warm schimmernde Blut im Glas und fühlte leichtes Würgen, schluckte trocken. Sein Blut. Er hatte sein Leben riskiert, um sie vor ihm zu retten, sie hatte jede Warnung in den Wind geschlagen, und jetzt stand ein Glas voll seinem Blut vor ihr, um ihr Verderben zu besiegeln. Sie sah, dass ein Handgelenk eingebunden war, dass die Hand, die das Weinglas hielt, zitterte. Am liebsten wäre sie aufgesprungen und davongelaufen, wäre nicht dieses stille Hoffen in seinem Gesicht gewesen. Wie oft hatte sie sich über die Protagonisten der diversen Horrorfilme geärgert, die sie mit Sunna angesehen hatte, um sie nicht erzählt zu bekommen und sich alles viel schlimmer vorzustellen? Hatte sie nicht gedacht, wie unrealistisch deren Verhalten war, dass sie nie im Leben in die Machtbereiche solch unmenschlicher Wesen stolpern würde, hätte sie die Wahl? Und was machte sie jetzt? Sie saß, die Kehle wie zugeschnürt und von ihrem angstgepeitschten Puls ausgefüllt, und hob mit zitternden Händen ihr Glas. „Ich trinke auf dich, Simeon", murmelte sie und schloss die Augen, als sie das Glas an ihre Lippen führte. Es war unheimlich warm, als wäre es frisch, zugleich aber kalt, kälter als von Mensch und Tier. Es hatte einen bitteren, kupfrigen Geschmack, war weder dickflüssig noch dünn wie Wasser (oder Wein), es hatte eine ganz eigene, nicht unangenehme Viskosität, doch wünschte sich Serena nach den ersten zwei Schlucken, sie wüsste, wo hier das WC war. Ihr Mund und Rachen schienen verklebt zu sein, es schüttelte sie der Widerwillen. Sie trank, Schluck für Schluck, mit fest geschlossenen Augen und angehaltenem Atem. Irgendwann konnte sie nicht länger die Luft anhalten, stellte das Glas auf die zu fern wirkende Tischplatte zurück, sah Simeon an. Er war verschwommen, sie musste Tränen aus den Augen blinzeln, um ihn scharf zu sehen. Er starrte sie an, als hätte sie ein Wunder vollbracht, seine Augen glänzten verdächtig. Einige Atemzüge hielt das Würgen an, sie schaute auf das halbleere Glas und schluckte resolut. Der Brechreiz ließ nach. Der Nachgeschmack war nicht mehr bitter, das kupfrige Gefühl war erträglich. „Du findest es wirklich scheußlich, nicht wahr?", flüsterte Simeon so ergriffen, dass sie ihn überrascht ansah. Sie hatte recht gehabt. Die Spuren der entwichenen Tränen glitzerten im Schein der Kerze. Sie hob die Schultern und erklärte fast entschuldigend: „Ich kann nicht einmal Roastbeef und Leber und so halbrohes Zeug leiden."

Verstehen malte sich auf seine Miene, im gleichen Maß, wie er begriff, dass er ihre Situation nicht nachfühlen konnte. Für ihn waren rohe oder halbrohe Fleischwaren alltäglich gewesen: das frische, blutige Herz eines Beutetiers, die im offenen Feuer angeröstete Leber eines Schafs ... Nur die Kinder hatten gekochte, gedörrte oder getrocknete Nahrungsmittel bekommen, und Kind war er schon lange keines mehr gewesen, als die blonde Fremde aufgetaucht war. Zum ersten Mal seit Langem, seit vor seinem Tod, erinnerte er sich an den Tag, an dem ihn der Zufall zum Mann gemacht hatte. Er erinnerte sich an die Angst, die ihn gepackt hatte, als er erkannt hatte, was es bedeutete, dass er an diesem Tag das allmonatliche Reiterspiel gewonnen hatte.

Man hatte ihm den Reif der Könige auf den linken Oberarm tätowiert, hatte seine Amme fortgeschickt, seine Mutter hatte sich zeremoniell von ihm verabschiedet. Er war jetzt ein Mann, durfte nicht mehr in das Frauenhaus seines Vaters. Er hatte auf die Jagd gehen müssen, hatte aber – zu seinem Glück, wie er jetzt befand – nichts erlegt. Keiner war auf dieser Jagd erfolgreich gewesen. Man hatte ihn mit einer Tochter eines befreundeten Sheikhs vermählt, wie das seit Jahren geplant gewesen war, da dieser Sheikh nur Töchter und keine Söhne hatte und einen Erben brauchte. Die Tochter war nicht anwesend gewesen, ein Bote hatte die Nachricht in glühender Mittagshitze überbracht und überwachte die Zeremonie fern des jungen Simeon Amon, der aus angstweiten Augen im reglosen Kindergesicht auf die Tänzerinnen starrte, den dumpfen Trommeln und hektischen Cymbeln, den wirren Flöten und sirrenden Sitars lauschte. Ein Lamm wurde geschlachtet und der stärkste Hammel. Ihre Herzen musste der neue Mann roh essen, um ihre Kraft, ihren Mut, ihr Leben in sich aufzunehmen. Ihr Blut musste er trinken, um ihre Vitalität zu erhalten. Ihr halbrohes Fleisch aßen alle, auch ihm wurde es aufgedrängt. Die beste, schönste Tänzerin hatte ihn nach dem Festmahl in sein neues Zelt begleitet, damit er alles lernte, was er wissen musste, um seiner Frau ein guter Mann zu sein, wenn er sie am nächsten Tag tiefverschleiert in Empfang nahm. Diese Lehre war unter keinem guten Stern gestanden, denn dem jungen Sheikh war von all dem Blut und rohen Fleisch übel gewesen. Die Tänzerin hatte ihn lachend hinter das Zelt geschleift und zurückgetragen, hatte ihm beigebracht, was sie einem verschreckten, kranken Kind beibringen konnte. Er war seiner Frau trotzdem – oder deswegen – nie ein guter Mann gewesen, sie hatte ihm bis zu seinem mysteriösen Verbleichen und Verschwinden zehn Jahre nach seiner Mannwerdung noch kein Kind getragen, was offiziell natürlich ihre Schuld gewesen war. Offiziell. Simeon Amon spürte in seiner kühlen, kargen Küche das Würgen im Rachen, hatte den Gestank nach Blut, Feuer, Fleisch und dem Duftöl der Tänzerin in der Nase, das den Schweißgeruch kaum übertünchte, roch Pferde, Schafe und Sand, hörte die Stimmen der feiernden Männer, das Tosen der wirbelnden Musik, das erregte Schnaufen der Tänzerin, fühlte die erdrückende Schwüle der Nacht, das verstörende Gefühl, dass etwas in ihm versagte, nicht in der Lage war, den Anforderungen zu entsprechen, trotz der Mühen der Tänzerin – was sie jedoch anscheinend nicht bemerkte. Angst, Einsamkeit, Versagen – das Kind Simeon hatte in dieser Nacht gelernt, dass daraus Hass entstand, und er hatte die Frauen gehasst, hatte sie gemieden, hatte zu niemandem engeren Kontakt gesucht, weder als Mensch noch danach, denn nur in der absoluten Beziehungslosigkeit war er sicher, konnten Vernunft und Verstand die Angst und das Versagen bezwingen. Es war wahrscheinlich kein Wunder, dass ihn ausgerechnet jetzt das grausame Zeremoniell heimsuchte, ihn für unbestimmte Zeit in regloser Starre verharren ließ, wo es um alles ging, wo Handeln angesagt war. „Hast du noch nie etwas ... so etwas zu dir genommen? Noch nie?", fragte er blind in den Raum, wusste nicht, ob Serena noch da war. Sie war da, ihre Hände legten sich warm auf seine Wangen, sie sagte: „Noch nie. Ich weiß nicht, ob ich mich dran gewöhne." Er wischte sich die Tränen aus den Augen – zu weinen war verboten, ein Mann weinte nicht, und wenn er an seinen Gefühlen erstickte! – und seufzte wackelig. „Du wirst. Ich habe es auch gehasst, früher", versicherte er und verzog das Gesicht. „Aber jetzt mag ich es sehr gerne. Trink aus, Serena. Trink den bitteren Kelch zur Neige." Sie lächelte unglücklich und leerte das Glas in wenigen, langen Schlucken. „Es ist schon nicht mehr ganz so grausig", stellte sie in überraschtem Ton fest und ahnte nicht, welch eine Welle der Erleichterung ihn erfasste. „Was war das, woran du vorher gedacht hast? Du hast ziemlich zerstört ausgesehen", wollte sie wissen. Zu seinem großen Erstaunen hörte er sich von den Geschehnissen jenes Tages erzählen – und von den Auswirkungen auf seine Existenz danach.

Es war dunkel, dichte Wolken bedeckten den Himmel. Der Schnee erhellte die Nacht nur unwesentlich, ein fahler Schimmer lag über dem Land. Es war nicht länger still, ein warmer Wind strich über die Schneeflächen, das Tropfen von Tauwasser war allgegenwärtig. Akela saß neben Serena im nassen Schnee, hechelnd, zerrauft, ein gefährliches Glimmen in seinen Augen. Wurdelak lag vor dem Haus und beobachtete seinen Herrn. Der stand Serena gegenüber und betrachtete sie nachdenklich. „Was ist los? Stimmt was nicht?", wollte sie wissen – etwas an ihm versetzte sie immer noch in Unruhe. Er lächelte und legte den Kopf schief. Sein Gesichtsausdruck wurde wacher, schärfer. „Soll es schnell gehen oder langsam?", fragte er mit lauernd leiser Stimme, sein Blick blieb an ihrem Hals hängen. Sie überlegte, ihre unverbesserlich ängstliche Stimme der menschlichen Vernunft heulte auf, hatte anscheinend nicht begriffen, dass sie das Spiel verloren hatte. „Lieber schneller", entschied Serena. Das Lächeln schwand aus Simeons Gesicht, lag jedoch weiter in seinen Augen. Er drehte wie verlegen das schwarze Stück Tuch in den Händen, das er ihr vermutlich wieder um den Hals binden wollte. „Dann muss ich dich noch einmal beißen ... heute, immer wieder ... es ist wichtig", gestand er, als wäre ihm der Gedanke unangenehm. Sie nickte, genau das hatte sie erwartet. Er hob die Hand, doch ehe er sie hypnotisieren konnte, hielt sie sie fest. Er zog in stummer Frage die Brauen zusammen. „Ohne das", verlangte sie. Seine Augen weiteten sich ungläubig. „Es tut weh", wandte er ein. „Es ist unangenehm." Sie wurde wütend. „Du hast mir heute so viel von dir erzählt. Von früher, bevor du gewandelt worden bist, von deiner Wandlung. Sie hat dich auch bei Bewusstsein ausgesaugt. Also werde ich das wohl auch aushalten", sagte sie. Er seufzte, sie konnte unter der Ruhe seiner Züge den Zorn aufwallen sehen. „Wir waren damals an Schmerzen gewöhnt. Aderlass war bei Infektionen zum Beispiel unerlässlich!", konterte er. Wie leicht er wütend wurde, wie schnell er zornesentbrannt mit scharfen Worten um sich schlug. Zugleich bemerkte sie denselben unkontrollierbaren Zorn in sich, diese ungezügelte Rage ohne Gnade, ohne menschliche Bedenken. „Halt keine Volksreden, beiß!", fuhr sie ihn mit der Wucht dieses neuen, glühend intensiven Gefühls an, sah ihn mit Genuss zurückschrecken, sah mit wilder Freude, wie er sie musterte, Erkennen in seiner Miene. „Gut, wenn du darauf bestehst ...", sagte er, kam näher, legte die Arme um sie, als wollte er sie aufheben und forttragen, beugte sich zu ihrem Hals. Der Schmerz durchfuhr sie mit brennendem Stechen, intensiver und strahlender als alles davor Bekannte, und sie fühlte ihn trinken. Bald wusste sie, weshalb er sie im Arm hielt: Hätte er sie nicht festgehalten, wäre sie gefallen, es wurde ihr schwindlig, eine eigenartige Schwäche ergriff sie, ließ Ruhe in ihr einkehren. Das Gefühl, von Leben geleert zu werden, hörte auf, als sie dachte, ihr Ende wäre gekommen. Er sah sie an, ein Lächeln auf den ewig bleichen Lippen, hielt sie weiterhin fest. „War das nicht ein bisschen viel?", hörte sie sich heiser murmeln, sein Bild verschwamm ihr vor Augen. Er schüttelte den Kopf, lehnte sie an seine rechte Schulter, von einem Arm gestützt. Sie fragte sich, was er vorhatte. Sie sollte es bald merken. „Jetzt trink du, Serena, nimm meine Art des Lebens auf", forderte er sie auf, biss sich in das Handgelenk und hielt es an ihre Lippen. Sie ignorierte den Ekel, der sie wieder packte, und schluckte die Flüssigkeit, die ihr in den Mund quoll. Plötzlich war es nicht mehr widerwärtig, war kraftspendend, lebenspendend, ließ die Welt klar und wirklich werden. Als das Blut aufhörte zu fließen, war sie beinahe enttäuscht. Sie konnte ohne Hilfe stehen, fühlte sich wacher und energischer als davor. Er ließ sie los. „Warum hört es auf?", wollte sie wissen. „Ein Biss lässt nur eine bestimmte Menge Blut fließen. Will man mehr, muss man wieder beißen", erklärte er und umwickelte ihren Hals mit dem Tuch. „Aber du hattest genug. Ich habe dich auch nur einmal gebissen." Er zögerte und fragte: „Gewöhnst du dich schon daran?" Sie nickte. „Es schmeckt noch immer grausig, aber mir wird nicht mehr schlecht davon." Sie lachte über den Widerwillen, der in ihrer Stimme schwang. Simeon schenkte ihr sein sonnigstes (falls das kein Widerspruch war) Lächeln, das seine Zähne aufblitzen ließ, und sperrte das Gartentor zu, sperrte sie aus, sich ein. „Ich rate dir zum Ankauf von Sonnenbrillen, einem Hut, dünnen Handschuhen, schwarzen Sachen. Die Sonne schmerzt, wenn auch nicht gleich", sagte er und hob die Hand zum Abschied. Sie hob auch die Hand und überraschte sich damit, dass sie ihm nachrief: „Wenn ich meine Scheu vor Blut ablegen kann, dann solltest du drüber nachdenken, welche Scheu du gefälligst ablegen kannst!" Belustigt beobachtete sie, wie er erstarrte, sich dann wie in Zeitlupe umdrehte und zum Tor zurückkam, an dem sie sich in alter Gewohnheit festhielt. Jede Bewegung war geschmeidig, lauernd, als wäre er ein großes Raubtier, das sich an seine Beute anpirschte. Seine Hände legten sich klamm über ihre, doch schien ihr der Unterschied nicht länger so gewaltig. „Ja, Serena," sagte er und lächelte ein nachtschwarzes Lächeln voll Spannung und Gefahr. „Scheu vor etwas zu verlieren, ist durchaus im Bereich des Möglichen, wenn der Ansporn groß genug ist. Ich würde nicht darauf wetten wollen, aber es kann durchaus sein, dass wir beide im Zuge deiner Wandlung neue Welten erschließen werden. Beide." Mit diesen Worten wandte er sich ab und verschwand im Haus. Serena stand am Tor, sah den Kerzenschein verlöschen und fragte sich, warum ihr diese Äußerung, die sie selbst provoziert hatte, die sie sich mindestens so, wenn nicht noch eindeutiger erhofft hatte, wie eine Drohung vorkam.

Serena saß still in ihrem Sessel, die Augen geschlossen, die Luft angehalten, die Hände zu Fäusten geballt, und zählte. Sie zählte rückwärts, von hundert gegen null. Sie zählte nach Möglichkeit immer, wenn sie mit einer Überraschung konfrontiert war, und sie zählte rückwärts, wenn es eine Überraschung der zweiten Kategorie – GUP – war. Diesmal bestand die Gänzlich Unerwartete Penetranz in der Heftigkeit ihres Zorns, der in ihr brodelte, gespeist durch Ungeduld und wilde Reizbarkeit, die sie seit den frühen Morgenstunden quälten. Die Sonne verursachte ihr Unbehagen, sie fühlte sich schwer, zugleich aber beunruhigend leicht und unwirklich. Und dann hatte sie Karl heimsuchen müssen, voller Sorge, Mitgefühl und Ideen. „Karl, ich sage dir jetzt etwas, und ich muss dich bitten, mir gut zuzuhören, denn ich sage es dir zum letzten Mal", begann sie ihre überaus wichtigen und unmissverständlichen Ausführungen, als sie genug gezählt und Luft geholt hatte. „Erstens: *Vergiss es.* Ich meine damit, dass ich nicht an dir interessiert bin und in Zukunft sein werde, und auch, dass du mir inzwischen auf die Nerven gehst. Zweitens: Sieh endlich ein, dass du dir keine Bürgermeisterstochter aufreißen kannst. Ich hab's dir ungefähr schon hundertmal gesagt und geschrieben: Ich kann auf dein ewiges Gefasel von Vampiren und ähnlichem Ramsch verzichten. Und *drittens*", fuhr sie fort, ehe er sie unterbrechen konnte, „erkläre ich dir jetzt, weshalb es mir so besonders auf die Nerven geht, und ich sage es dir nur einmal, und einmal ist schon einmal zu viel, also hör gut zu, weil das ist neu, und ich erwarte, dass du dich damit abfindest und mich endlich mit deinen Heimsuchungen verschonst: Ich finde deine wüsten Theorien abstoßend und nicht lustig, weil ich Simeon Amon kenne. Ich kenne ihn inzwischen sehr gut. Er war zwar vielleicht Sunnas Freund, aber das ist schon bald ein Jahr her, und er hat sie ja nicht so gut gekannt. Er ist jetzt mein Freund. Verstehst du diese Worte, Chuck? Simeon Amon ist mein Freund. Höre, kapiere – und geh!", schloss sie heftig und überließ es Karl sich auszumalen, wie Simeon ihr Freund hatte werden können, während sie in Amerika war. Sie war begeistert von sich – noch nie hatte sie eine so schöne Rede gehalten, war sie so sicher gewesen, das Richtige zu tun. Oh, sie hatte es sich oft vorgestellt, hatte in Tagträumen Hunderte solcher Szenarien durchdacht, doch das Leben hatte sie immer überrumpelt, in Verwirrung verstummen oder hilflos stottern lassen. Sie war so zufrieden mit ihrer Leistung, dass sie Karl ein fast mitfühlendes Lächeln schenkte: „GUP, hm?" Er fuhr aus seinem düsteren Brüten auf: „Was?" „Gänzlich Unerwartete Penetranz", erklärte sie. „Die sogenannte Überraschung der zweiten Kategorie." Sie hatte sich nie für eine genauere Ausführung von erster und eventuell dritter Kategorie entscheiden können, doch Karl dachte ohnehin in anderen Bahnen. „Wann dürfen wir dich beerdigen?", wollte er säuerlich wissen. „Hast du dich deshalb von der Bücherei schon gestern losgesagt, damit dein sogenannter Tod nicht so auffällt?" Serena fühlte, wie sie hochrot wurde, er hatte es erraten. „Es reicht!", fuhr sie ihn an. „Es reicht mir endgültig! Ich habe mich losgesagt, wie du es nennst, weil ich eingespart bin und die nächsten Wochen sinnvoller verbringen kann als in einem Job, der so gut wie vorbei ist! Aber so was behirnst du ja nicht! Verschwinde aus diesem Haus, Karl Löwenthal-Hallensteyn, und komm mir nie wieder unter die Augen! Ich hab's satt, wie du auf deinen Lächerlichkeiten herumreitest! *Raus!*", brüllte sie, so laut sie konnte, als er zu einer Erwiderung ansetzte. Karl resignierte und ging in Schweigen. Serena lehnte sich zurück, lauschte dem Plätschern der Dachrinne, dem Tropfen des Tauwassers und beruhigte sich allmählich. Ein laues Lüftchen wehte zum Fenster herein, blähte die Vorhänge. Sie war ihn los, endlich. Die unverbesserlich ängstliche Ecke ihres Inneren hatte sich seit der vorangegangenen Nacht nicht gerührt, ließ auch diese Geschehnisse kommentarlos vorüberziehen. Wahrscheinlich war sie einen stillen Tod gestorben. Serena schloss die Augen und seufzte, versuchte den leichten Kopfschmerz zu ignorieren, den die im Schnee reflektierte Sonne hervorrief. Da erschallte Karls Stimme: „Ich hoffe, dass du wieder zu dir kommst, wenn ich mit diesem Simeon Amon ... geredet habe!" Sie fuhr hoch, sah ihn von ihrem Fenster fortgehen, wildentschlossen, trotzig. Kopfschüttelnd lehnte sie sich wieder zurück. So, wollte er also mit Simeon reden. Wie schön für ihn. Doch es kam ihr vor, als hätte sie etwas über Karl vergessen, etwas Wichtiges, das zu vergessen nicht günstig war. Sie erschauerte, schob die plötzliche Gänsehaut auf die zwar frühlingshafte, aber noch tiefe Temperatur vor dem Fenster und schloss es. Das Frösteln blieb. Und in ihrem Inneren lebten zahllose Tausendfüßler auf und begannen einen Marathon in ihrem Bauch.

Der Tausendfüßlermarathon hatte nicht aufgehört, im Gegenteil. Etwas an Karl war gefährlich. Vielleicht war es nur der Verdacht, dass Simeon war, was er war, doch schien ihr, als wäre das nicht alles. Sie würde es Simeon berichten, würde ihn fragen, ob ihm Karls Verdacht gefährlich werden konnte, beschloss sie, als sie bei dem kleinen Haus ankam. Sie fragte sich, was mit Karl geschehen würde, wenn sein Verdacht für Simeon eine Gefahr darstellte, doch diese Überlegung beunruhigte sie zu sehr, ließ ihren Puls steigen, und so widmete sie sich ihr nicht lange. Die bläulichen Dunstschwaden der späten Dämmerung umgaben sie, samtig weiche Nachtgeräusche hüllten sie ein. Sie lauschte auf die Nacht, auf die dunklen, aufwühlenden Klänge des verendeten Tages, spürte, wie ihr das Gefühl von Sicherheit entglitt, wie sie in den Strudel der Finsternis gezogen wurde, wie ihre Bedenken um Karl sich entfernten, nicht länger wichtig waren, wie sie kein Mitgefühl für diesen Menschen aufbrachte, sich nicht um ihn sorgen konnte. Mit dem Schwinden der menschlichen Bedenken wurde die Welt, in der sie bisher gelebt hatte, unwirklicher, wie ein greller Traum, den sie sich nur erdacht hatte, während sie auf das Hereinbrechen der Nacht wartete. Etwas in ihr erzitterte schwach, wahrscheinlich die Unruhe, die sie hier immer erfasste. Sie öffnete das Tor, ließ Akela frei. Ob alle so schnell gewandelt wurden, ihre Gefühle so schnell änderten? Sie sah auf das dunkle Haus. Sie konnte die zwei Zeilen über der Türe mit Mühe sehen, im Schein der ersten Sterne. Weshalb war ihr die Nacht so vertraut? Weshalb schreckte sie nicht vor ihren sonderbaren Gedanken und Gefühlen zurück? Was hatten ihr die Nacht und ihre Geräusche angetan? Sie schüttelte den Kopf, lächelte über ihre Unruhe. Ihre Gefühle nahmen zu, wurden drängender, ungezügelter, intensiver. Ihre Wahrnehmung veränderte sich so rasant, dass sie es bemerkte. Und wenn sie an Simeon dachte, befürchtete sie, dass sie trotz gesteigerter Intensität nie geordneter werden würden. Ihr fiel eine Lüge ein, die sie Karl im Verlauf des Gesprächs am Nachmittag erzählt hatte, über angeblichen Briefkontakt zwischen ihr und Simeon. Karl musste es völlig unglaubwürdig gefunden haben. Er hätte aber auch die Wahrheit nicht verstehen können, war zu sehr von der grandiosen Einzigartigkeit der menschlichen Existenz überzeugt, hielt alles, was sie bedrohte, für vernichtenswert und böse. Welch ein einfaches, sicheres Weltbild. Wie verlässlich, klar, menschlich – und langweilig. Sie betrat das Haus, öffnete Fenster und Läden, ließ die Nacht ein, die zu ihr zu sprechen, sie einzuhüllen schien in Gefahr und Wirrheit, in Blutrausch und Wahnsinn. Sie öffnete den letzten Fensterladen und drehte sich um. Das große, kissenreiche Bett lag leer im leeren Zimmer. Sie stutzte einen Moment, fasste sich aber schnell. Wenn er nicht im Bett schlief, war seine Ruhestätte in dem geheimnisvollen Raum gegenüber. Er war zweifelsfrei zu Hause, sie spürte seine Anwesenheit so deutlich, als stünde er neben ihr. Sie querte das Zimmer mit dem Luster und öffnete die bisher unerforschte Türe. Der Raum dahinter war absolut lichtlos, erfüllt vom Geruch nach feuchter Erde. Serena holte eine Kerze. Der Raum hatte fleckige, weiße Wände und kein Fenster. Der Boden war mit einer dicken Schicht frischer Erde bedeckt. Ein alter Mantel war ausgebreitet. Simeon lag darauf, eingerollt wie Wurdelak im Nebenzimmer, in wächserner, todesartiger Starre. Sie ging zu ihm, legte ihm eine Hand auf die Schulter, wollte daran rütteln. Er wachte auf, ehe sie dazu kam. Seine Augen glühten kurz rötlich, er setzte sich auf, gähnte, dass seine Zähne im Kerzenschein blitzten, streckte sich und blinzelte sie verschlafen unter seinem wirren Schopf hervor an. „Simeon, ich muss dir etwas Wichtiges erzählen!", sagte sie. Er stand auf und verließ den engen Raum. „Komm in die Küche. Wir holen uns Gläser, einen guten Wein, und du berichtest", bestimmte er, und wie zuvor fiel beim Klang seiner ruhigen, dunklen Stimme etwas von der Unsicherheit von Serena ab.

 Sie saß am Fenster, ihre Augen durch eine Sonnenbrille vor den letzten Strahlen der Sonne geschützt, die als riesiger, goldgleißender Ball über den Dächern der Häuser auf der anderen Straßenseite schwebte. Leichter, warmer Wind strich über das Land, der Schnee war an vielen Stellen abgetaut, hatte rötliche Flächen nasser, lehmiger Erde freigelegt. Sie durfte Simeon heute nicht besuchen, er hatte es ihr verboten, mit einer Heftigkeit, die sie an ihm nicht kannte. Er hatte gesagt, es wäre besser, er könnte nicht voraussehen, wie schnell ihre Wandlung vor sich gehen würde. Sie hatte den ganzen Tag im abgedunkelten Zimmer verbracht, war müde und energielos gewesen, hatte ihr Aussehen im Spiegel kontrollieren wollen. Was ihr aus dem Spiegel entgegengeschaut hatte, hatte ihre besiegt geglaubte Angst erneut aufleben lassen. Sie war es gewesen, doch ihr Spiegelbild war bleich und unwirklich gewesen, als wäre der Spiegel ein Fenster und das restliche Spiegelbild der Raum dahinter, über dem schwach und durchsichtig ihre Spiegelung lag. Sie war in ihr Zimmer geflohen, unsicher, beunruhigt, fasziniert. Mehrmals war sie zum großen Spiegel im Vorzimmer zurückgekehrt, hatte beobachtet, wie ihr Spiegelbild schwächer wurde, bis es gegen Abend nur noch ein blasser Schatten war. Sie hatte ihre Zähne befühlt, hatte eine ebenso beunruhigende wie erfreuliche Änderung bemerkt: Ihre Eckzähne schienen ihr länger und schmäler als bisher, erinnerten an Simeons Fangzähne. Mit dem nahen Ende des Tages fühlte sie ihre Kräfte zurückkehren, verlor die Welt ihre Farblosigkeit. Gerüche und Geräusche brachen in ungewohnter Heftigkeit über sie herein, die grellen Farben des Tages wurden dumpfer, geheimnisvoller. Es war eigenartig, dass die stechend leuchtenden Farben es waren, die den Tag so grau machten, ihr ungeordnetes Flimmern vor Augen tanzen ließen. Es war unangenehm, doch schmerzten Licht und Farbe nicht. Noch nicht, wie sie ahnte. Es ging schnell, zu schnell, sie erinnerte sich zu genau an ihre menschlichen Gefühle, manchmal überraschte sie sich dabei, wie sie aus alter Gewohnheit in den früheren Denkmustern stecken blieb, sich darin verstrickte. Die Enge der Regeln und Vorstellungen drohte sie dann zu erdrücken, nahm erstickende, körperliche Qualitäten an, und sie konnte sich nur mit Mühe von ihnen befreien, sich ihrem Griff entziehen, von aufsteigender Panik beflügelt. Es war rücksichtslos von Simeon, sie in diesem schwierigen, ängstigenden Stadium der Wandlung allein zu lassen. Wusste er nichts von den Gefahren, die ihr auf dem Weg in die Freiheit auflauerten, nie ganz greifbar, unheimliche Schatten im Dunkel der Nacht, ihrer Nacht? Wahrscheinlich nicht, musste sie sich eingestehen. Er hatte noch nie jemanden gewandelt, und seine eigene Wandlung lag sehr weit zurück, ungezählte Jahrhunderte mussten es sein, die seitdem vergangen waren. Er war unsicher, handelte nicht nach Wissen, sondern seinem Instinkt folgend, niemand wusste, ob es richtig war, was er machte, niemand konnte ihm sagen, ob es richtig war, wie er es machte. Er war verstört gewesen in der Nacht davor, hatte Angst gehabt, dass ihr die schnelle Veränderung Schaden zufügen könnte, wollte sie fortschicken, sobald sie ihm von Karl erzählt hatte. Sie hatte darauf bestanden zu bleiben, und natürlich hatte das dazu geführt, dass er sie gebissen hatte, mehrmals diesmal, und sie sein Blut getrunken hatte. Es war nicht länger widerwärtig. Der sonderbare Geschmack war ihr noch unheimlich, doch konnte sie sich bereits vorstellen, dass es ihr einmal schmecken würde – es war wirklich der gleiche Gewöhnungsprozess wie bei Bier oder Wein. Ihre Eltern machten ihr Schwierigkeiten, sie waren besorgt, hätten sie am liebsten zu einem Arzt gebracht. Sie hatte ihnen unter Aufwand aller Überredungskünste versichert, dass es die Umstellung von Amerika, ein Kater und ihr langes Ausbleiben waren, die ihre bleiche Kraftlosigkeit hervorgerufen hatten. Sie musste mit Simeon darüber reden. Es würden noch mehr Probleme auftreten, wenn ihre Wandlung fortschritt. Rastlos zog sie sich in ihren Polstersessel zurück und nahm ein Buch zur Hand. Bald war sie darin versunken und hörte das Moped nicht, das die Gasse entlangknatterte und am Beginn des Feldwegs in die Weingärten stehen blieb.

Das Moped starb ab, das Knattern seines Motors machte der abendlichen Stille der Weingärten Platz. Der Fahrer nahm den Helm ab, sperrte das Moped ab, blieb aber darauf sitzen und starrte in die Weite der ordentlichen Reihen. Die Sonne und der laue Wind hatten große Löcher in den Schnee gefressen, rot im Abendlicht leuchtende Erde und blaue Schneereste im Schatten musterten die kahlen Reihen der Weinstöcke. Nahe dem Horizont lag der Wald auf den Hügeln, schwarze Bäume vor weiß gesprenkeltem Grund. Dunst ruhte über allem, den die schräge Sonne mit einem goldenen Glühen erfüllte. Die Welt war verschwommen, unscharf, verlor ihre Wirklichkeit, ihre Festigkeit in dem durchstrahlten Nebel, machte dem Irrealen Platz. Karl Löwenthal-Hallensteyn strich sich die Haare aus dem Gesicht und stand auf. Ein derber, hölzerner Rosenkranz baumelte um seinen Hals, eine Knoblauchzehe befand sich in seiner Jackentasche, mit einer Knoblauchpresse für den stärkeren Geruch. Er öffnete den Gepäckraum des Mopeds, kramte einige weitere Dinge hervor: Ein Plastikfläschchen mit Weihwasser, einen Spiegel, ein scharfes Küchenmesser, einen Pflanzstab aus Hartholz, eine alte Bibel und ein zerfleddertes Gebetsbuch. Er verteilte diese Gegenstände auf seine Jackentaschen, überprüfte, ob er im Notfall die Säckchen mit Juckpulver und Niespulver griffbereit hatte, die in den Hosentaschen steckten. Als er alles kontrolliert hatte, was einen geordneten Ablauf des Gesprächs mit Simeon Amon sichern sollte, sah er sich betreten um und machte sich auf den Weg. Die Sonne stand tief über dem Horizont, ihr unterer Rand zerteilt von den kahlen Weinstöcken, blutrot durch den Dunst drohte sie zu verschwinden. Der Schlamm auf dem Weg saugte sich an seinen Stiefeln fest, jeden seiner schlitternden Schritte begleitete ein schmatzendes Geräusch. Der Wald kam näher, schon konnte er das Weiß der Mauer ausnehmen. Er zögerte, warf der untergehenden Sonne einen nervösen Blick zu. Sie war halb versunken, im kahlen Geäst eines Obstbaums vor dem roten Halbkreis ließ eine Amsel einen übermütigen Frühlingstriller erschallen. Karl fühlte Gänsehaut am ganzen Körper ausbrechen, eisige Kälte kroch über seine Haut. Es war eine Ahnung von Unheil, eine kalte Vorschau seines Todes, die ihn erzittern ließ, Angst hielt ihn gepackt, er war plötzlich sicher, dass er seinem Ende entgegenging, wusste es so genau, als wäre es schon geschehen: Die Stunde seines Todes war gekommen. Beinahe wäre er umgekehrt, doch er dachte an das blasse, unruhige Gesicht von Serena am Tag davor, erinnerte sich an Sunna, und er ging weiter, hielt das Kreuz des Rosenkranzes fest mit einer Hand umschlossen. Er hatte die heilige Beichte abgelegt, hatte sich gewappnet, so gut es ging, hatte von seinem Plan erzählt und dem schweigepflichtigen Ohr anvertraut: „Wenn ich von dort nicht zurückkomme, ist es bewiesen." Es gab kein Zurück für ihn.

Simeon sah die Gestalt nicht an sein Gartentor treten, denn er war nicht zu Hause. Er war in geschäftlicher Mission unterwegs gewesen und über den Wald zurückgegangen, wo Wurdelak frei laufen konnte. Er ging geruhsam und von Frieden erfüllt heimwärts, lauschte dem Abendgesang der Vögel, spürte den Schneematsch durch seine Stiefel sickern, sah den goldenen, dunstigen Himmel über dem Gewirr der Baumkronen zuerst rot, dann rosa und blau werden. Er war satt, denn er hatte einzelne Spaziergänger mit ihren Hunden getroffen, und er war entspannt, denn er hatte eine Lösung für die Probleme gefunden, die Serenas Wandlung mit sich bringen würde. Karl hatte er vergessen, er war voll der Schönheit der nahen Nacht, der Weichheit der feuchten Luft, dem Schimmer, den der Dunst an den Himmel malte. Ohne es sich bewusst zu sein, pfiff er ein Lied aus seiner Heimat vor sich hin, verließ den Weg, der am Waldrand entlangführte, und bog auf den ab, der nach wenigen Metern zum Feldweg zwischen Weingärten und weißer Mauer wurde. Er sah sie schon durch das Geäst schimmern. Da traf ihn ein Windstoß, ein letzter, weicher Seufzer des Frühlingswinds, und er zerstörte Simeons beschwingte, friedliche Glückseligkeit. Er erstarrte im Schatten des Waldes, die Nasenflügel bebten, ein kaltes Licht glomm in seinen Augen auf. Das zerstreute, von innerem Strahlen erfüllte Lächeln war wie weggeblasen, seine gute Laune am nassen Boden zerschellt. Angst lag in dem Windhauch, intensive Angst. Menschliche Angst, aber auch Wut, Aggression, Entschlossenheit. Mord und Totschlag lagen in dem Schwall von Menschengeruch, und dieser Schwall galt ihm. Er fühlte Hass in sich aufschäumen, verlor sich in kochendem Zorn. Schattengleich bewegte er sich vorwärts, hielt am Waldrand inne, von einem Baumstamm verborgen, starrte den Fremden an, der ihm an den Kragen wollte. Wieder trieb die ersterbende Brise den Geruch des Gegners an ihm vorbei, und Angst brach in Simeon aus, eisige, wilde Angst, die er sich nicht erklären konnte. Er zog sich hinter den dicken Stamm zurück, lehnte sich dagegen, schloss die Augen und versuchte sich zu fassen, die Panik zu bekämpfen, die in ihm tobte, ihren Grund zu erfahren. Der Gegner war der, von dem ihm Serena erzählt hatte, der ehemalige Freund ihrer Schwester, der jetzt hinter ihr her war, der die Wahrheit über Simeons Identität erahnte. Das hatte er gleich erkannt, das konnte nicht sein, was ihn in derartige Panik stürzte. Es konnte auch nicht der Fanatismus sein, den er ausstrahlte, denn so etwas war er zu oft gegenübergestanden. Es musste von seinem Geruch hervorgerufen worden sein. Er witterte mit aller Kraft, gespannt, horchte in sich hinein. Etwas lag in dem Geruch, das alte, verdrängte Erinnerungen heraufbeschwor, in denen es dunkel und kalt war, in denen er von vermummten Gestalten umgeben war, die Fackeln trugen, rund um ihn war

Feuer, zu nahe, zu ungezähmt, gefährlich, und sie hielten ihn in Fesseln, schleppten ihn mit, trotz seines wilden Aufbegehrens, seines nutzlos sprühenden Hasses. Seine Zähne hatten nur dicken Stoff erfasst, jede Bewegung hatte ihn näher an die lodernden Flammen gebracht ... Mit einem Ruck stieß er sich von dem Baumstamm ab, wandte sich dem Gegner zu, der einen Weg suchte, um die Mauer zu überwinden. Er war einer von ihnen, ein Verwandter, ein Nachfahre seiner Peiniger, die ihn gehalten hatten wie eine Laborratte. Wie war sein Name? Er kam hinter dem Stamm hervor, näherte sich dem Gegner mit der ihm eigenen unheimlichen Lautlosigkeit und Geschwindigkeit, blieb nahe bei ihm stehen, lächelte karg und zynisch. „Guten Abend, Herr Löwenthal-Hallensteyn. Was verschafft meiner Mauer die Ehre Ihrer Aufmerksamkeit?", erkundigte er sich. Der andere fuhr herum. Er war fast noch ein Kind, stellte Simeon fest, und die Angst stand ihm ins Gesicht geschrieben. Dort zeigte sich auch die grimmige Entschlossenheit. Wenn er von seinen Vorfahren die Wahrheit über ihn gehört hatte, wenn er wusste, wie seinesgleichen zu vernichten war ... Karl holte tief Luft, kramte einen kleinen Spiegel hervor, und Simeon sah den Rosenkranz, roch den Knoblauch. Erleichterung wallte in ihm auf – Karl kannte nicht einmal einen Teil der Wahrheit. „Ich möchte Sie bitten, einen Blick in diesen Spiegel zu werfen", sprach Karl und hielt ihn mit ausgestrecktem Arm, drehte ihn. „Sagen Sie mir bitte, wenn Sie mich darin sehen." „Jetzt", sagte Simeon in weichem Tonfall, als Karls Bild im Spiegel erschien. An Karls entsetztem Luftholen erkannte er, dass er sich nicht spiegelte. Nun, Jahrhunderte hatten ihm das zur Genüge bewiesen. Womit Karl jetzt wohl beginnen würde? Aha, mit dem Knoblauch. Simeon liebte Knoblauch, immer schon. Ein herrliches Gewürz, und seiner Meinung nach durchaus auch pur zu genießen. Mit wenigen, gleitenden Schritten war er bei seinem Gegner, hatte ihm den Knoblauch aus der Hand genommen und biss genussvoll hinein. Karl wich zurück. Ein oder zwei Tricks würde er ihn probieren lassen, dann war der Augenblick seines Endes gekommen. Karl beschleunigte das Nahen seines Todes, indem er das Messer zückte und Simeon mit einem Schwung und erheblichem Kraftaufwand köpfte. Kein Tropfen Blut floss, kein Schnitt war zu sehen, obwohl er den Widerstand gespürt haben musste, das Knirschen durchtrennter Wirbel gehört. Karl wurde weiß wie die Schneereste, ähnlich bleich wie Simeon. Dem reichte es, der Spaß hatte lange genug gedauert. Es war zwar für ihn nicht schädlich, aber ziemlich unbequem, geköpft zu werden, Erfolg oder vielmehr kein Erfolg des Henkers. Er ließ seinem Hass und Rachedurst freien Lauf, lachte Karl ins Gesicht, dass seine Fangzähne im diesigen Dämmerlicht erstrahlten, und sprang ihn an, schlug ebendiese strahlenden, scharfen Zähne in Karls Hals und trank, biss immer wieder, saugte sein Opfer nach bester Manier aus, wie es sich für seinesgleichen gehörte, in Klischee und Wahrheit. Karl gab ein gurgelndes Geräusch von sich, versuchte sich des um einiges kleineren Simeon zu entledigen, brach schließlich auf dem schlammigen Boden zusammen.

Sterne und Mond schimmerten verschleiert durch den Dunst, als sich Simeon aufrichtete, angeekelt, von der Macht seiner Gefühle erschöpft. Hass, Rache und Zorn hatten ein schales, abgestandenes Gefühl der Leere zurückgelassen. „Dabei war ich heute schon satt", murmelte er, suchte nach der guten Laune, nach dem beschwingt friedlichen Glückszustand, der ihn zuvor getragen hatte. In Scherben lag er am Grund seiner Seele. Simeon hob die Scherben auf und versuchte sie zusammenzusetzen, zu einer Einheit zusammenzufügen. Es gelang nicht. Er hob Karls noch nicht tote Überreste auf und ging in seinen Fußstapfen in den Wald. Er legte Karl in ein flaches Bachbett, schloss seine Finger um das Messer, schnitt sauber den Hals auf, wo die Bisswunden waren. Das Wasser schwemmte das verbliebene Blut fort. Die Welt würde an Selbstmord glauben, und das war gut, so sollte es sein. Allein Serena würde die Wahrheit erfahren müssen, und er wusste nicht, ob sie weit genug war, um zu verstehen. Ihre Wandlung war nicht mehr aufzuhalten, doch konnte sie sich angewidert von ihm abwenden, wenn es zu früh war. Niedergeschlagen ging er durch den tropfenden, triefenden Frühlingswald nach Hause, trauerte um sein Hochgefühl, hasste die Menschen aus tiefster Seele und ganzem Herzen, die ihn in seiner Existenz störten, ihm zielsicher das erste bisschen Glück seit ungezählten Jahrhunderten bedrohten. „Entschuldigen Sie bitte die Störung. Sie sind Serena Anton?" Serena öffnete die Augen und sah verwundert auf die zwei amtlich uniformierten Herren, die vor ihr standen. Das schräge Sonnenlicht, das ihr Zimmer durchflutete, sagte ihr, dass es irgendwann am Nachmittag war. Sie setzte sich auf, nickte verschlafen. Immer wieder döste sie, war danach zerschlagener als davor. In der Nacht war sie hellwach, tagsüber dämmerte sie vor sich hin. Sie versuchte sich zu konzentrieren. „Bitte, setzen Sie sich doch", meinte sie, deutete auf das Sofa, das dem Polstersessel gegenüberstand, in dem sie sich eingerollt hatte. Die beiden Uniformierten kamen der Aufforderung nach. Einer war jung und sah aus, als hätte er Masern, so viele rote Tupfen tummelten sich in seinem aknegezeichneten Gesicht. Der andere sah aus wie ein chronischer Trinker, fett und verlebt. „Kriminalpolizei", offenbarte der Trinker und fügte Namen hinzu, die Serena sofort vergaß. „Sie wünschen?", murmelte sie und verfluchte ihre Unfähigkeit, sich zu konzentrieren, ihre Kraftlosigkeit. Der Trinker erzählte nun eine Geschichte von einem jungen Mann, der – entgegen seiner sonstigen, eher unreligiösen Lebensweise – `ein letztes Mal´ gebeichtet hatte, dann scheinbar (was man so aus den Spuren in Schlamm und Schneeresten ablesen konnte) in den Wald gegangen war, wo er sich in einem Bächlein die Kehle aufgeschnitten hatte. In seinen Taschen hatte der Betreffliche: Knoblauch, eine Bibel, ein Gebetsbuch, einen Pflanzstab, Niespulver, Juckpulver und einen Spiegel. In der Hand: das Messer. Ob sie dazu etwas wüsste? Erwartungsvoll sahen sie sie an. Sie hatte eine wichtige Information verpasst. Sie strich sich das Haar aus dem aschfahlen Gesicht. „Wie war doch gleich der Name?" Der Aknejüngling zog die Brauen hoch. „Karl Löwenthal-Hallensteyn. Wir haben erfahren, er wäre der Freund ihrer verstorbenen Schwester gewesen und auch mit Ihnen …" „Jaja, ich kenne Karl, natürlich …", unterbrach sie ihn. „Er war der Freund von Sunna, bis etwa zwei Wochen vor ihrem Tod. Er hat schon, bevor sie

gestorben ist, immer von Monstern fabuliert ..." Sie brach ab, zwang sich beim Thema zu bleiben. „Er hat sich fix eingebildet, dass der letzte Freund von Sunna, sein Nachfolger sozusagen, irgend so ein Monster wäre und sie umgebracht hätte ..." Ihre Stimme verlor sich, ihre Gedanken flohen ins geistige Nirwana. „Und?", bohrte der Trinker nach, riss sie aus der Gedankenlosigkeit. Sie sammelte sich unter Mühen, suchte und ordnete ihre Gedanken: „Er hat sich schon vorher eingebildet, ich solle seine Freundin werden. Er hat nicht und nicht aufgegeben. Er ist dann ... vorgestern? Ja, ich glaube vorgestern, wütend von hier fort gegangen, wie ich ihm gesagt habe, dass er keine Chance hat, weil ich schon einen Freund habe. Ich hab' ihn dann nicht mehr gesehen und ... Jetzt hat er sich allen Ernstes ...?" Sie grub im Nebel ihrer Müdigkeit, fand noch einige Bruchstücke, die sie den Beamten vorwarf: „Mein Freund ist der, der Sunnas Freund war, bevor sie gestorben ist, also der, den Karl für ein Monster hält. Wie ich in Amerika war, haben wir einander geschrieben ... und ... na ja ..." Sie stockte abermals, lächelte ein entschuldigendes Lächeln: „Ich bin noch um zwölf Stunden falsch, hab' ich das Gefühl. Nachts bin ich munter, tagsüber müde ... Wahrscheinlich alles eher wirr, hm?" Das Lächeln verblich, verlor sich in ihrer Kraftlosigkeit. „Nun, es würde die komischen Dinge an ihm erklären", meinte der Aknejüngling. „Den Rosenkranz, das Weihwasser. Den Pflanzstab als Pfahl vielleicht. Vielleicht ist er am Abend zu Frau Antons Freund gegangen, um das Monster auszurotten, hat gemerkt, dass der doch kein Monster ist, hat eingesehen, dass er die junge Dame wirklich nicht bekommen kann, und sich in einem Anfall von pubertärer Depression umgebracht. Das mit dem Monster wirkt ja recht pathologisch, nicht?" Der Trinker nickte. Serena sah sie aus müdigkeitstriefenden Augen an. „Psychotisch", stimmte der Trinker zu. Und wandte sich an sie: „Können Sie uns bitte Namen und Adresse Ihres Freundes geben?", sie nickte, konzentrierte sich mit aller Kraft: „Er heißt Simeon Amon und wohnt, Am Haine 13'. Das ist die Fortsetzung von unserer Gasse, in den Weinbergen."
Die Kriminalbeamten notierten auch dies, warfen der Pelzkugel

Akela einen verwunderten Blick zu, bedankten sich und gingen. Noch ehe sie den Raum verlassen hatten, war Serena jedes Gefühl für die Welt entglitten. Erst als sie die Haustüre zuschlagen hörte, fiel ihr etwas ein. Sie schwankte zum Fenster, lehnte sich hinaus: „He, entschuldigen Sie, ich hab' was vergessen!" Die beiden blieben neben ihrem Auto stehen, sahen sie fragend an. „Simeon ist tagsüber fast nie zu Hause. Am besten reden Sie am Abend mit ihm, so ab sieben oder so", sagte sie, hob die Hand in einer ungewissen, energielosen Abschiedsgeste und verschwand vom Fenster, fiel auf ihren Sessel, und harrte des Kommens der Nacht. Die Beamten draußen fuhren ab.

Der „Trinker", wie ihn Serena im Geiste getauft hatte, drückte ungeduldig auf die Klingel. Es war finster, das Haus lag in völliger Dunkelheit vor ihnen. Schneereste ließen die Luft nach Winter duften, die Knospen an den kahlen Ästen waren dick und zum Bersten prall. Ein dunstbleicher Mond schwebte am Himmel, umgeben von einem fahlen Hof. Der dicke Beamte wollte soeben ein drittes Mal anläuten, da öffnete sich die Haustüre. Ein großer, schlanker Hund kam heraus, blieb vor dem Gartentor stehen und knurrte drohend. Der Aknejüngling wich einen Schritt zurück – er hatte Angst vor Hunden, ob klein oder groß, Zähne hatten sie alle. Eine Gestalt mit hellblondem Haar folgte ihm, hielt eine Kerze in der Hand. Er trug eine Art Robe, einen dicken, weiten, langen Mantel mit Kapuze und weiten Ärmeln, darunter Jeans und Rollkragenpullover, alles schwarz. Sein Gesicht war blass, die Augen dunkel, wie bodenlose Seen. Der junge Kriminalpolizist konnte es dem Grund ihrer Anwesenheit nachfühlen, dass ihm dieser Mann unheimlich gewesen war. „Simeon Amon?", schnarrte er dienstlich, um seine Angst zu verbergen. Der Fremde nickte, legte dem Hund eine Hand auf den Kopf, murmelte etwas. Der Hund wich zur Seite, knurrte leiser weiter. „Kriminalpolizei", fuhr der Aknejüngling fort und zückte seinen Ausweis. Der Mann im Garten steckte einen alten Schlüssel in das Tor, sperrte auf. „Sie wollen doch sicher herein?" „Ja", stimmte der Dicke zu, ehe der Jüngere ablehnen konnte. Sie gingen hinter dem zu Befragenden in das Haus, dicht gefolgt von dem knurrenden Hund. Den sperrte Simeon aus, indem er die Türe schloss. Er deutete auf die Küche, entzündete die Kerzen dort. „Bitte, setzen Sie sich", lud er ein, lehnte sich dem Tisch gegenüber an die Wand. Die Polizisten saßen an dem kleinen Küchentisch auf den harten Sesseln und sahen sich um. „Haben Sie keinen Strom?", wollte der Dicke wissen. Simeon schüttelte stumm den Kopf. Der junge Beamte, der sich sehr unwohl fühlte, kam zur Sache: „Was haben Sie gestern Abend zu Sonnenuntergang gemacht?" Simeon lächelte sein leichtes Spottlachen. „Ich bin von einem Spaziergang mit meinem Hund nach Hause gekommen, habe einen jungen Mann dabei ertappt, wie er über meine Mauer klettern wollte, habe dann auf seine Bitte hin in einen Spiegel geschaut und bin ins Haus gegangen, wo ich zuerst gelesen und dann geschlafen habe, wieso?" Die beiden wechselten einen bedeutungsvollen Blick. „Wie sah dieser junge Mann aus?" Simeon gab bereitwillig Auskunft: „Wie viele. Größer als ich, lange Haare, dunkel, bis zur Schulter oder so ... Jeans ... eine dicke Jacke in Armeegrün oder so ... ein Palästinensertuch um den Hals ... so ungefähr. Wie viele heute herumlaufen. Was hat er angestellt?" Der Dicke notierte. „Sonst etwas Auffälliges?" Simeon gab vor, angestrengt überlegen zu müssen. Das Spiel amüsierte ihn. „Außer der komischen Sache mit dem Spiegel, meinen Sie? Hm, ... doch. Etwas ist mir als ungewöhnlich aufgefallen: Er hatte einen Rosenkranz um den Hals. Ist das jetzt in bei Kindern?", fragte er mit leichtem Kopfschütteln. „Was machte er, nachdem Sie in den Spiegel geschaut haben?", bohrte der Dicke. „Keine Ahnung, da bin ich nämlich ins Haus gegangen. In den Garten ist er sicher nicht geklettert, das hätte ich gemerkt. Mein Hund ist sehr pflichtbewusst", kam die Antwort wie aus der Pistole geschossen. „Aber wieso denn nun das Ganze?" Ehe der Dicke eine seiner schwammigen, ausladenden Erklärungen beginnen konnte, fragte sein jüngerer Kollege: „Treffen Sie Frau Anton heute noch?" Simeon zog die Brauen hoch. „Serena? Ja, aber was hat sie damit zu tun?" „Dann lassen Sie sich das alles von ihr erklären, bitte. Wir haben jetzt keine Zeit mehr", beteuerte der junge Beamte. Wenig später hatten sie Simeons Grundstück fluchtartig verlassen, und er saß in seinem Bücherzimmer, starrte leer auf die Seiten eines oft gelesenen Buches, ohne sie wahrzunehmen. Würde Serena wirklich kommen? Hatte sie die richtigen Schlüsse gezogen, hielt sie das zurück oder machte es nichts mehr aus? Von qualvoller Unruhe geplagt und von Ungewissheit zerrissen, harrte er still in dem Lehnstuhl aus und wartete.

Er dämmerte mit offenen, blicklosen Augen vor sich hin, war einem unruhigen, von grauenvollen, vagen Visionen heimgesuchten, schlafähnlichen Zustand zum Opfer gefallen, als Wurdelak aufsprang und das Haus verließ – die unverriegelte Türe zu öffnen, hatte er schon lange gelernt. Simeon fuhr hoch, starrte auf die halboffene Türe. Wurdelak heulte nicht, kam auch nicht zurück. Simeon hörte das Gartentor kreischen. Augenblicke später trat sie ein, ließ die Türe achtlos hinter sich zufallen. Ihr unnatürlich helles Haar umwallte sie wild und ungezähmt, sie sah aus wie einer alten Theaterinszenierung entsprungen. Statt ihm den Kragen umzudrehen, ließ sie sich mitten auf dem Teppich nieder und schaute gefährlich ruhig zu ihm auf. „Was hast du mit Chuck gemacht?", wollte sie mit gedämpfter Stimme wissen, irrationaler Zorn glomm am Horizont, bereit, einem Buschbrand gleich auszubrechen. Er starrte zurück. Sie hatte dunkle Ringe um die Augen, eindeutig konnte sie nicht mehr schlafen. Die Wandlung ging schnell vor sich, wieder packte ihn die Angst, dass es zu schnell sein könnte, dass etwas von ihr zurückbleiben, für immer verloren gehen könnte, etwas Wichtiges, etwas zumindest für ihn Bedeutendes. Ohne nachzudenken – in letzter Zeit handelte er meistens, ohne nachzudenken – streckte er die Hand nach ihr aus, winkte sie in unverwechselbar herrischer Geste zu sich. Sie verzog spöttisch das Gesicht und blieb sitzen. Er erschrak. Wo war ihre Sanftmut geblieben, ihre Offenheit? War es das, was sie im Zuge ihrer rasanten Wandlung eingebüßt hatte? Der Gedanke erzeugte ein ungeahntes Engegefühl in seiner Kehle. „Was ist los? Warum schaust du so betroffen? Stimmt was nicht?", wollte Serena wissen, kam heran, setzte sich zu seiner Linken auf den weichen Teppich, legte ihm eine

Hand auf den Arm. Die Hand war fast so kalt wie seine eigene, doch die ruhige Wärme lag wieder in ihren Augen. Er beruhigte sich ein wenig, blieb aber wachsam und zurückhaltend. „Karl Löwenthal-Hallensteyn war einer von ihnen", erklärte er. „Er hätte mich getötet, hätte er gewusst, wie. Und auch dich." Serena musterte den Teppich, als gäbe es nichts Interessanteres als seine verworrenen Ornamente auf dieser Welt. Simeon wartete ab. Er war auf der Hut, wovor, wusste er nicht. Hilfesuchend warf er den Kerzen im Luster einen langen Blick zu. Das warme, goldene Licht brannte in seinen Augen, schien sie auszufüllen. Es war schön, dieses Gefühl, und er fragte sich, ob Serena die grenzenlose Schönheit dieser tanzenden, furchtbaren Flammen erfassen, ob sie je die Faszination des Feuers begreifen, wirklich verstehen würde. Wenn er an den Brand in seinem Gefängnis dachte, der erst zu seinem tieferen Verständnis geführt hatte, hoffte er für sie, dass es ihr erspart blieb. Andererseits war er dadurch sicher vor der Gefahr, die jede noch so kleine und trügerisch zahme Flamme für ihn in sich barg. „Willst du mir nicht vielleicht irgendwann einmal genauer erzählen, worauf ich mich da voll blindem Vertrauen eingelassen habe?", forderte Serena, riss ihn aus seinen Gedanken. Er sah ratlos auf sie hinunter, das unangenehme Gefühl beschlich ihn, dass sie aneinander vorbeiredeten, dass die unausgesprochene Einigkeit, die er verspürt hatte, zerschellt und im Boden versunken war wie tags zuvor sein entspanntes Glücksgefühl. Er hatte ihr erklären wollen, weshalb er Karls Tod verursachen musste, und sie wollte wissen, was aus ihr wurde. Und er spürte immer noch ihren schwelenden Zorn, wusste nicht, wie er ihn verschuldet hatte, ob er ihn verschuldet haben konnte. Die Unsicherheit nahm zu, verstärkte sein Zögern. Widerwillig musste er sich eingestehen, dass er einen kunstvollen Tanz zwischen Fettnäpfen und Bananenschalen ausführen würde, beim Versuch ihre Frage zu beantworten, dass er vor dem unweigerlichen Ausrutschen Angst hatte, sich über die Lächerlichkeit seines unbeholfenen Tappens ärgerte, noch bevor es begonnen hatte. Mittlerweile seltsam vertraute Verständnislosigkeit breitete sich in ihm aus, Zorn über sich, über seine

Unzulänglichkeit, meldete sich zu Wort. Warum musste immer alles so furchtbar und unerträglich kompliziert sein? Serena beobachtete mit wachsender Beunruhigung das leichte Zucken seines linken Mundwinkels, das Glimmen in seinen Augen. Etwas verärgerte ihn, und sie wusste nicht, was es war. Ungeduld packte sie, sie wollte das Gefühl von Nervosität und Unsicherheit loswerden, wollte das Unbehagen überwinden und endlich wieder die gelassene und doch so gespannte Vertrautheit erlangen, die sie beim Anblick der Schrift über dem Haustor ergriff. „Wo soll ich nur anfangen?", murmelte Simeon mit gedankenverlorener, unzufriedener Stimme. Wenigstens waren sie gemeinsam verstimmt, überlegte Serena etwas getröstet. „Fang mit dem Blut an", bat sie und sah erwartungsvoll zu ihm hinauf, ganz gespannte Aufmerksamkeit. Er warf ihr einen flüchtigen Blick zu, und was er sah, ließ jenes Lächeln seine Mundwinkel heben. Zucken und Zornesglimmen schwanden. „Gut, das Blut also", sagte er und überlegte. „Das ist es wohl, worauf es hinausläuft, worauf alles hinausläuft …", meinte er und fuhr sogleich fort: „Es ist nur sekundär das Blut, das wir brauchen. Mit dem Blut des Menschen trinken wir seine Lebensintensität. Blutverlust kann er wettmachen, den Verlust der Intensität nicht. Wir brauchen dieses Leben, diese Intensität, so wie Menschen Wasser brauchen oder Nahrung. Du wirst schon gemerkt haben, dass in unserer Existenz alles an Intensität zunimmt, unkontrollierbarer wird." Er machte eine Kunstpause. Sie wollte ihm einen Tritt geben, um ihn zum Weitersprechen zu bewegen, da setzte er seine Erklärung fort: „Blutmangel kann nicht tödlich verlaufen, zumindest nicht in erster Linie. Wenn man über einen langen Zeitraum zu wenig Blut zu sich nimmt, oder gar keines, dann ist man eine Weile nicht in der Lage zu leben. Man liegt irgendwo, rührt sich nicht, ist nicht wach, schläft nicht … Dieser Zustand mündet nahtlos ins Delirium. Da hat man Visionen, Wahnvorstellungen, Halluzinationen. Nervlich zerrüttet erwacht man aus diesen, und dann ist man Vagabund. Getrieben von den Bildern, die man im Delirium gesehen hat, zieht man durch die Länder, von den meisten Menschen ungesehen, immer hungrig, für jeden Beobachter tödlich – also, für Menschen, außer man macht einen Fehler, natürlich." „Natürlich", stimmte Serena spöttisch zu, wollte aber gleich darauf wissen: „Und sonst?" Sein Lächeln wechselte von mild zu streng. „Still, frag nicht, wenn ich dir alles erzählen soll. Und ich fürchte, dass mir genau das nicht erspart bleibt. Also schweig und lass mich denken, sonst ergibt das alles keinen Sinn. Deine Zeit ist wiedergekommen, doch diesmal erfährst du mehr als das letzte Mal. – Wie schläfst du eigentlich in letzter Zeit?", unterbrach er sich. Sie starrte ihn verwirrt an. „Schlecht. Eigentlich gar nicht mehr, nicht richtig." Sie wollte eine ungehalten formulierte Frage hinzufügen, da fuhr er schon fort: „Dachte ich mir. Wir schlafen nie, sind schlaflos, alle von uns. Für uns gibt es Leben in der Nacht, intensiv und wild, und tagsüber ... Nein, dazu später. Zuerst werde ich dir etwas Beruhigendes mitteilen." Zu ihrem Erstaunen lachte er. „Pfähle, Äxte, Kreuze, Weihwasser und der ganze Popanz sind für uns absolut ungefährlich, wenn auch teilweise eine Spur unbequem. Nur eines kann uns töten, eines allein, und davor musst du dich Zeit deiner Existenz hüten: Feuer. Nur Flammen können uns den Tod bringen, merke dir das bis in alle Ewigkeit. Wir zerfallen nicht bei Sonnenschein zu Staub, wir sind resistent gegen Knoblauch – ich mag ihn sehr gern – und die Religionen unserer wandernden Selbstbedienungsläden. Aber hüte dich vor dem Feuer. Es ist wunderschön, aber es ist furchtbar. Glaub mir, ich weiß, wovon ich spreche." Serena sah auf seine verbrannten Hände – auch wenn die Narben schon fast verschwunden waren – und nickte. Trotz seiner offensichtlichen Heiterkeit meinte er jedes Wort ernst. „Wie war das mit dem Schlaf?", fragte sie. Er beharrte nicht darauf, dass sie zu schweigen hatte, sondern antwortete. „Wir können tagsüber nur in einem fensterlosen Raum schlafen – oder was wir so nennen. Es ist eigentlich nicht Schlaf, aber in Ermangelung eines besseren Wortes will ich es so bezeichnen. Wir begegnen in unserem Schlaf einer großen Dunkelheit, stark und dicht wie der Tod. Vielleicht werden wir auch deshalb von den Menschen als Untote bezeichnet, weil wir tagsüber tot sind, nicht nur weil wir sterben müssen, um in die neue

Existenz geboren zu werden … Ich würde sagen, es ist ein Weg, das grelle Tagwerk zu überstehen, Kraft zu tanken, in dieser Hinsicht ist es wie Schlaf … Wir können natürlich auch tagsüber unterwegs sein, wenn wir müssen oder wollen, können ein normales Menschenleben vortäuschen, wenn das nötig ist. Der fensterlose Raum muss einen mit frischer Walderde bedeckten Boden haben, damit die feuchten, lebendigen Erddüfte die Luft ausfüllen. Vagabunden schlafen fast nie …" Er seufzte, die Heiterkeit schien ihn verlassen zu haben. Serena kam es vor, als wäre er ruhiger geworden, sicherer. „Dieser Wechsel von Lebensintensität in der Nacht und Schlaf, so tief, dass er wie der Tod ist, ist wie ein verkleinertes Modell von einem viel größeren Vorgang in unserer Existenz. Wir leben jeweils für etwa hundert bis zweihundert Jahre, in dieser Zeit läuft es so, wie ich es dir beschrieben habe. Ich nenne es unsere Wachphase. Dann schlafen wir oder sind tot, wie du es nennen willst. Wir regeln unsere weltlichen Angelegenheiten, vergraben uns fernab menschlicher Behausungen im Waldboden, tief unten, in feuchter, weicher Erde und schlafen … sind tot … ruhen … Ich nenne es unsere Ruheperiode oder Schlafphase. Die Ruheperiode endet mit dem Beginn des Erwachens. Wir graben uns aus, gehen in die Stadt, wo unsere neue weltliche Identität auf uns wartet – sei es bei einem befreundeten Artgenossen oder bei einem Notar. Wir nehmen die Fäden des Lebens auf, ziehen ein, bereiten uns auf die Wachphase vor. Diese Zeit ist schwieriger geworden in den letzten Jahrhunderten. Die Wälder werden immer weniger, in denen wir ungestört ruhen können, und man kann nicht mehr so einfach aus dem Nichts auftauchen und im Nichts verschwinden. Außerdem sind wir in der Zeit zwischen Ruheperiode und Wachphase benommen, unbeholfen. Wir sind vergleichsweise leichte Beute, aber wir sind zugleich auch geschützt. Sie haben mich mitten im Erwachen gefangen genommen. Wäre ich schon wach gewesen, hätte ich die Jahrzehnte oder Jahrhunderte in der Acht-Quadratmeter-Welt nicht ertragen. So hat mich mein Zwischenzustand vor dem Wahnsinn bewahrt. Und vor dem Delirium. Dem Vagabundendasein. Das Erwachen wird mit dem Erwählen eines ersten Opfers beendet, die Wachphase beginnt. Die Ruheperiode dauert übrigens etwa zehn bis fünfzig Jahre, näher bei zehn, was mich betrifft." Er schloss abschließend den Mund und sah sie erwartungsvoll an. „Aha...", machte sie ein wenig ratlos. War das alles? Das konnte doch nicht alles sein? „Das klingt so einfach ...", meinte sie. Er nickte und schenkte ihr ein eckzahnblitzendes Grinsen: „Ja, in gewisser Hinsicht ist es einfach. Obwohl es vor ein paar Jahrhunderten mit dem Wechsel der Phasen leichter war. Das Leben war dafür riskanter. Wahrscheinlich sind wir den Menschen so unheimlich, weil wir ihnen in gewissen Dingen noch ähnlich sind ..." Serena grinste ebenfalls. „So are apes, on the other hand." Er legte den Kopf auf die Seite: „Wie bitte?" „So are apes, on the other hand", wiederholte sie. „Das ist Englisch. ‚Affen auch', lose übersetzt." „Oh", machte er wenig überzeugt. „Du hast vorhin gesagt, meine Zeit ist wiedergekommen – warum wieder?", wechselte sie das Thema, begierig, mehr zu erfahren. „Weil du sozusagen noch einmal geboren wirst, wie ich vorher schon anklingen ließ, in die neue Existenz", nahm er den Faden dankbar auf, froh darüber, von seinen mangelnden Englischkenntnissen ablenken zu können. „Das ist das Wesen einer Wandlung." „Was noch einmal genau und in präzisen Worten?", bohrte sie nach, obwohl sie es sich denken konnte. Aber sie wollte es in Worte gefasst hören, nicht nur zwischen den Zeilen lesen. Er wandte dem Teppich seine ungeteilte Aufmerksamkeit zu. „Hab' ich doch gerade gesagt", wich er aus. „Simeon ...", mahnte Serena. Sein Blick wanderte über die Bücherregale zum Luster. „Ja?" „Ich muss es hören. Klar und deutlich. Ich bin ein Pessimist", beharrte sie und hoffte, dass er endlich nachgab. Die Sache begann ihr peinlich zu werden. „Das Wesen einer Wandlung ist das einer Geburt in eine neue Existenz", murmelte er, als zitierte er ein Lehrbuch. Er zögerte, warf ihr einen vorwurfsvollen Blick zu, doch sie verharrte in ihrer Erwartungshaltung, kannte keine Gnade. „Sie wird bewirkt durch den Tod des Menschen und seine Neuerschaffung durch die ..." Er stockte, sah aus dem Fenster, gehetzt, als wäre er am liebsten sehr weit weg. Sein linker Mundwinkel zuckte wieder, er fühlte sich eindeutig nicht wohl. „… durch die …?", bohrte sie, denn genau das wollte sie hören – musste sie hören. Er lehnte sich zurück, schloss die Augen, saß starr und gerade wie eine ägyptische Statue, bis auf das Zucken des Mundwinkels. Einige Augenblicke verharrte er reglos, kein Atemzug hob den Stoff der Kutte. Dann sprach er, seine Stimme ausdruckslos, beherrscht, mechanisch, die Haltung unverändert: „Sie wird bewirkt durch den Tod des Menschen und seine Neuerschaffung durch die Liebe und das bedingungslose Vertrauen eines anderen." Flaue Stille folgte dem eindeutig wörtlich zitierten, maschinell aufgesagten Satz. Serena stellte fest, dass sie diese Art des präzisen Ausdrucks nicht in Sicherheit wog, eher im Gegenteil. Sie legte eine Hand auf Simeons um die Armlehne verkrampfte Finger, suchte in seinem Gesicht nach einer Gefühlsregung. Es fand sich darin nur der zuckende Mundwinkel. „Und …?", fragte sie. „Stimmt diese auswendig gelernte Weisheit auch, oder bin ich der vielleicht irgendwie lebende Gegenbeweis?" Die Starre löste sich etwas, die Statue sah sie an, und sie schreckte vor der dunklen Intensität des Blicks zurück. „Du bist nicht der Gegenbeweis", sagte er heiser. „Red keinen Blödsinn. Aber lass mir doch bitte mehr Zeit! Ich brauche einfach mehr Zeit, kannst du das nicht verstehen?" Nun war sie an der Reihe, den Teppich zu betrachten. „Doch, schon", murmelte sie. „Dieser Karl", brach Simeons brüchige, weil noch heisere Stimme das peinliche Schweigen, ehe es sich so richtig bilden konnte. „Er war jung und durchgedreht, er war voll von seinen Fantastereien, wie betrunken. Er hat seinen vorbestimmten Untergang nie wirklich erfasst. Ich finde es gut, dass es zu schnell gegangen ist für ihn, dass es aus war, bevor er etwas verstehen konnte. Ich finde es auch gut, dass es überhaupt aus ist mit ihm. Er war hinter dir her." Sie sah überrascht vom Teppich auf – damit hatte sie nicht gerechnet. Er lächelte wieder und sein Lächeln nahm der Situation die Peinlichkeit. Sie stand auf, setzte sich ungebeten auf seinen Schoß, kuschelte sich an ihn. „Karl hätte sowieso keine Chance gehabt", vertraute sie seinem Hals an. Er erstarrte wieder zur Statue, sie befürchtete, im nächsten Moment am Boden zu landen. Ihre verwegene Handlungsweise war ihr peinlich. Verlegenheit schlug mit aller Macht zu. Bevor sie sich ganz in der Unglaublichkeit ihrer Handlung verirren konnte, schüttelte Simeon leicht den Kopf und legte die Arme um sie, unsicher und zögernd, aber doch. Serena seufzte erleichtert. Es fiel ihr nicht leicht, Simeons Sumpf aus alteingesessenem Meideverhalten und fest verwurzelten Ängsten zentimeterweise Boden abzuringen, auf dem er mit etwas gutem Willen neue Erfahrungen aufbauen konnte, doch war es bitter nötig. Sie lehnte den Kopf zurück, an seine Schulter und die Sessellehne dahinter, schloss zufrieden die Augen. Wundervolle Ruhe hatte sich über sie gesenkt, hatte die Nervosität vertrieben. Simeon beugte sich vor, sie spürte stechenden Schmerz am Hals, und noch nie war ihr Schmerz so willkommen gewesen wie jetzt, wo sie ein Ende ihrer Wandlung in nächster Nähe erhoffte. Die menschlichen Bedenken und komplexen Verhaltensregeln, die von ihr abfielen, hinterließen schwindelerregende Leichtigkeit, mitreißender Freiheitsrausch drohte sie überwältigen. Was konnte sie sich mehr wünschen? Simeon befreite sie aus ihrem engen Dasein, er war darauf bedacht, ihr gegenüber fair zu sein, behandelte sie nie wirklich unfreundlich – gereizt, spontan verstimmt, aber nicht gemein. Und für den Notfall war sie nicht auf ihn angewiesen, es gab noch andere von ihnen. Sie musste beinahe lachen, als sie sich an sein entsetztes Gesicht erinnerte, als sie ihn danach gefragt hatte. Sie hörte weder das Gartentor kreischend aufschwingen noch die Haustüre geöffnet werden.

Simeon hörte beides, und er sah auf, ein Blutstropfen an einem Eckzahn, die Lippen rot verschmiert. Letzte Tropfen liefen aus der Bisswunde an Serenas Hals. Eine Gestalt in Schwarz stand im Türrahmen. Es war ein Mann mit kurzem, dunklem Haar und hagerem, jungem Gesicht. Er trug schlichte Kleidung, der weiße Priesterkragen und ein schmuckloses Silberkreuz leuchteten im Kerzenlicht. Er kam Simeon bekannt vor. Er roch die Angst des Eindringlings, die Entschlossenheit. Es war einer von ihnen, der Geruch war unverwechselbar, außerdem sah er Karl ähnlich. Angst erfasste Simeon, denn Serena in seinen Armen war hilflos, halb bewusstlos, brauchte ... Er riss sich aus seiner Starre, biss sich ins Handgelenk, ließ Serena seine Kraft aufnehmen, zu ihrer machen. Der Priester stand wie gebannt von dem Anblick. Simeon musterte ihn kalt. Es kam ja gelegen, dass ein Mensch auftauchte, sehr gelegen. „Wer sind Sie?", fragte er. „Ich bin Ferdinand Löwenthal-Hallensteyn, der Bruder von Karl, den du getötet hast wie auch das Mädchen hier..." Weiter kam er nicht. Simeon unterbrach die mit dem Mut der Verzweiflung vorgetragene Rede: „Das Mädchen ist eine wie ich, Priester. Du kommst zu spät zur Rettung ihrer Seele. Es war dumm von dir, überhaupt hierher zu kommen. Sehr dumm sogar. Deine Religion und dein Gott helfen dir hier nicht." Er unterbrach sich, um sich ein zweites Mal ins Handgelenk zu beißen, fuhr fort: „Aber wenn du schon da bist, müssen wir das nützen. Setz dich, Priester." Wie hypnotisiert gehorchte der Eindringling, starrte stumm und fassungslos auf die beiden im Lehnsessel. Serena hatte fertiggetrunken, inspizierte den Fremden mit skeptischer, aber interessierter Miene.

„Stell dir vor, ein Übungsobjekt ist zu uns gekommen", teilte ihr Simeon mit erfreutem Gehaben mit. „Normalerweise muss man sie suchen, wir haben Glück. Ich weiß, deine Zähne sind noch stumpf, aber du kannst an ihm üben."

„Und wenn er jemandem gesagt hat, wohin er geht?", fragte Serena. „Dann leugnen wir, etwas gesehen, gehört oder gerochen zu haben. Geisteskrankheiten sind erblich. Und es hat sich der Arme ja fast auf dieselbe Art umgebracht wie sein Bruder. Ich würde annehmen, dass sie uns nicht einmal befragen. Und falls doch – mach recht viel Lärm beim Heimkommen", schlug Simeon vor. Serena war nicht überzeugt: „Und sogar derselbe Ort..." „Eben", unterbrach er sie. „Er hat den Ort des Geschehens besucht, wer weiß, wie oft, und diesmal schlug der familienspezifische Wahn durch und er hat sich mit seinem Silberkreuz erstochen. Es ist so klar, es kann gar nicht anders sein. Sei beruhigt, Serena, in zwei oder drei Tagen ist deine Wandlung vollzogen." „Und dann?", beharrte sie. „Wie soll ich meinen Zustand vertuschen?" Er lächelte sein leichtes Lächeln, seine Augen blitzten vergnügt auf. „Ich habe die Lösung. In exakt drei Tagen werden wir heiraten. Standesamtliche und kirchliche

Trauung, von der Kirche direkt zum Zug. Nie wiedergesehen. Ich habe schon alles für vorbereitet. So einfach ist das, so unglaublich einfach. Du wirst dort offiziell meine Schwester sein ... Was sagst du zu dieser Lösung?" Voller Stolz und doch unsicher sah er sie an. Sie schluckte den Ärger über seine eigenmächtige Handlungsweise, verkniff sich sogar den Kommentar, dass sie bei so einer Entscheidung gerne gefragt worden wäre, nickte und sagte: „Das einzige Mittel, meine Familie auszuschalten. Sonst noch was Wichtiges?" Er zögerte. „Ja, aber ... egal. Das Ende der Wandlung beinhaltet ein Ritual. Du wirst eine Pflanze essen müssen, genau genommen einen aus Blüten, Blättern, Stängeln und Beeren hergestellten Brei. Dieser Ritus ist schwer symbolbeladen ... Ich werde die Pflanzenteile jedenfalls schon in Wasser legen, damit sie bereit sind, wenn wir sie brauchen." Serena kraulte Akela hinter den Ohren. „Ich werde mit meiner Familie alles regeln ... wegen der Hochzeit und so ... Ach ja, und was ist das für eine Pflanze, bitte? Tollkirsche?" Er lächelte ertappt und gab mit bestechender Offenheit zu: „Fast. Es ist der Bittersüße Nachtschatten."

Sie saß im abgedunkelten Zimmer auf ihrem Sofa, umgeben von Büchern sonder Zahl. „Heilpflanzen", „Giftpflanzen", „Pflanzen Europas" und viele mehr. Sie war im ersten Buch fündig geworden, einem Buch über die Giftpflanzen der Welt. Aufmerksam las sie den Text zu der Abbildung, merkte nicht, dass sich die letzten Sonnenstrahlen in ihren Vorhängen fingen, dass die Nacht nahe war. „Bittersüßer Nachtschatten" stand in dem Buch. „Solanum dulcamara L. Familie: Nachtschattengewächse (Solanaceae). Name: Die Herkunft des Gattungsnamens, der bereits bei Plinius vorkommt, könnte auf solare, lat. = ‚einen Sonnenstich verursachend', also zentrale Erscheinungen auslösend, zurückzuführen sein, oder auch von solamen, lat. =‚Trost' bzw. solari, lat. =‚Linderung' abzuleiten sein. Der Artname dulcamara setzt sich aus dulcis, lat. =‚süß' und amarus, lat. =‚bitter' zusammen und weist auf den anfangs süßen, danach bitteren Geschmack der Stengelteile hin, wie er auch in der deutschen Bezeichnung zum Ausdruck kommt." Die optische Beschreibung sowie Fortpflanzung,

Blütezeit, Inhaltsstoffe, Vergiftungserscheinungen und erste Hilfe überflog sie nicht einmal flüchtig, ihr Blick blieb erst wieder an der Überschrift „Vorkommen" hängen. „In Europa und Asien, besonders in feuchten Gebüschen, an Zäunen, in Auenwäldern, im Schilfsaum der Gewässer anzutreffen. Geschichtliches: Die Stengelteile des Bittersüßen Nachtschattens (Stipides Dulcamarae) wurden früher in therapeutischen Dosen bei Hautleiden angewendet. In der Volksheilkunde diente die Droge ferner als Blutreinigungsmittel." An diesem Satz blieb ihre Aufmerksamkeit haften: „… diente die Droge ferner als Blutreinigungsmittel." Gedankenverloren blätterte sie um. Das nächste Gewächs war die Eberesche. Serena klappte das Buch zu und warf es quer durch das Zimmer. Blutreinigungsmittel. Sie ließ sich gegen die Sofalehne sinken, schloss die brennenden Augen. Sie würde noch heute dieses Ritual über sich ergehen lassen müssen, sie ertrug das Licht nicht länger. „Bittersüßer Nachtschatten" – der Name der Pflanze zerging ihr weich und dickflüssig auf der Zunge. Bittersüß wie die Essenz ihres neuen Lebens. Bittersüß wie das Wesen ihrer Existenz. Sie rollte sich inmitten der Bücher zusammen und seufzte. Die Verwandtschaft war gewarnt. Der Hochzeit stand nichts mehr im Wege – auch wenn sich ihre Eltern beschwert hatten, dass sie den Bräutigam nie gesehen hatten, die Trauzeugen nicht kannten und ihre Tochter nicht verstanden – sie hatte nie heiraten wollen, und jetzt so plötzlich? Doch sie hatten sich damit abgefunden, wahrscheinlich wegen der kirchlichen Trauung, wie Serena etwas verärgert überlegte. Ein perfider Schachzug von Simeon. Wäre es nicht der einzige Weg, diese bürgerliche Existenz zurückzulassen, hätte sie die Sache aus reiner Opposition abgeblasen. Die Lichtflecken auf den Vorhängen erloschen, die allnächtliche Unruhe ergriff sie. Sie stand auf und schlüpfte in ihre Lederjacke. Es war an der Zeit, ihre Wandlung zu vollenden.

Die Sonne hing groß und rot am wolkenfreien Horizont, ein warmer Lufthauch durchzog den Garten. Die Wiese, noch vor wenigen Tagen unter schweren, nassen Schneemassen begraben, grünte üppig, Primeln und Veilchen musterten sie. Die Knospen des Baumes waren geschwollen und dick. Es würde ein Blitzfrühling werden, ein oder zwei Wochen voller Blüten, ein Aufflammen der Frühlingspracht, dann Vorsommer, Simeon spürte es in seinen Knochen. In seinem Garten herrschte schon Schatten, die Mauer schirmte die letzten Sonnenstrahlen ab. Das Kreischen des schmiedeeisernen Gartentores ließ ihn von seinen Verstümmelungsarbeiten aufsehen, in einer Hand die abgeschnittenen Rosenranken, in der anderen die Gartenschere. Einer stand an der Hausecke, gekleidet in einen schwarzen Anzug, einen eleganten Mantel, eine edle Ledertasche in einer Hand. Das glatte, blonde Haar hatte er zu einem Seitenscheitel gekämmt, er sah beinahe reaktionär konventionell aus. Simeon ließ Ranken und Schere fallen, ein erfreutes Lächeln erhellte seine Züge: „Armin! Wie wundervoll, dich zu sehen!" Der Ankömmling grinste ebenfalls, seine Zähne blitzten: „Desgleichen, desgleichen! Allerdings bin ich müde und satt. Ich fühle mich wie eine Boa constrictor, die einen Elefanten verschluckt hat." Simeon lachte, klopfte Armin auf die Schulter und nahm ihm die Reisetasche ab. „Das ist ein alter Hut", merkte er an und führte seinen Gast in das Haus. „Aber bitte, schlaf ruhig. Wir brauchen dich erst übermorgen Vormittag." Armin betrat den fensterlosen Raum und seufzte erleichtert. „Erde, Dunkelheit, Schlaf. Wunderbar!" Er gähnte, drehte sich zu Simeon um. „Du hast dich verändert. Du warst immer so verschlossen, zielgerichtet, vernünftig. Ich dachte mir, dass das alles nur Maske sein kann, obwohl mir mit den Jahrhunderten die Zweifel kamen. Du hast dich verändert, Simeon, und du bist immer noch derselbe. Du bist ein Paradoxon. Bis übermorgen, früh des Tages", sagte er und rollte sich auf dem Mantel zusammen. Simeon schloss die Türe und ging nachdenklich zurück in den Garten. Ihm war es vorgekommen, als hätte er sich gänzlich verändert. „Selbstbetrug ist der einzig Wahre", brummte er und machte sich über die Rosen her. „Was murmelst du?", erkundigte sich eine Stimme hinter ihm. Er fuhr wie schuldbewusst herum und starrte in Serenas Augen. „Nichts. Nur laut gedacht", winkte er ab und musterte sie besorgt. „Aber wie siehst du denn aus, das ist ja furchtbar!", wollte er wissen. Sie schnitt eine Grimasse der

Erschöpfung. „Ich kann nicht schlafen, wie du weißt", erklärte sie mit Duldermiene. Doch nach einer kurzen Pause brach es in unverhülltem, verwundertem Schmerz hervor: „Und es brennt, es brennt so, die Sonne brennt so furchtbar! Jetzt fühle ich es erst so richtig, obwohl ich schon gedacht hab, das Unbehagen von vorher wäre alles! Wie kannst du das ertragen? Wie kann man das überleben?" Er schüttelte ratlos den Kopf und ärgerte sich über seine Hilflosigkeit. Woher wussten andere so genau, was in diesen Situationen zu tun war, und er nicht? „Das musst du jetzt irgendwie durchstehen, bis du ganz gewandelt bist. Es ist ja nur bis morgen", beruhigte er sie, fühlte ihren Schmerz in Ärger umschlagen. „Bis morgen! Warum nicht heute? Was hält mich noch? Warum kann ich diesen Pflanzenmist nicht schon jetzt essen? Was ist jetzt schon wieder?", fuhr sie ihn an. Er wich ihrem Blick aus, wandte sich den Rosen zu, um nicht ihren Schmerz sehen zu müssen, an dem er nichts ändern konnte. Was sollte er sagen? Was konnte er sagen? „Deine Zähne sind noch nicht ganz so, wie sie sein sollen. Und wenn du das Ritual machst, wirst du mit der Pflanze eins, wirst du zum Bittersüßen Nachtschatten im übertragenen Sinn. Dann ist deine Wandlung zu Ende, und du hättest zeitlebens zu stumpfe Zähne …", erklärte er der Rose. Er konnte Serena nicht ansehen, wusste nicht, was zu tun wäre, wie er ihre Qual lindern könnte. Sie stand stumm mit hängenden Armen neben ihm und sah ihm zu, wie er Rosen schnitt, erwartete eindeutig etwas, Trost vielleicht, oder zumindest ein Zeichen des Mitgefühls, vor dem er fast barst. Doch er wusste nicht, wie, und so schnitt er mit ausdrucksloser Miene die langen Ranken ab, während seine Gedanken fruchtlos im Kreis hetzten. „Man kann gar nichts machen, bis morgen", stellte sie fest, ihr Tonfall fragend, ja flehend. Er nickte und sah sie an, versuchte ihr durch diesen langen Blick die verzwickte Lage mitzuteilen. „Ich kann dir nicht helfen", gestand er und meinte damit nicht nur das schwierige Stadium ihrer Wandlung. „Meinst du nicht, du solltest es zumindest versuchen?", fragte sie. Simeon legte Ranken und Schere in das wuchernde Gras, betrachtete sie ratlos. Was sollte er versuchen? Ihm fielen ein oder zwei Handlungsweisen ein, die die gewünschte Ausdruckskraft besäßen, doch nach alter Gewohnheit schreckte er davor zurück wie vor glühenden Kohlen. „Ich ...", begann er, brach ab, als sie vorwurfsvoll den Kopf schüttelte. Sie hatte sein Blut getrunken, obwohl alles in ihr davor entsetzt war, vor der Unbekanntheit, den unangenehmen Assoziationen. Zögernd und sehr unsicher legte er einen Arm um ihre Schultern. Sie reagierte sofort, lehnte sich schutzsuchend an ihn – aber Schutz konnte er ihr nicht bieten, nicht vor der Sonne, nicht vor dem brennenden Schmerz des Lichts, wahrscheinlich nicht einmal vor der Einsamkeit, die sie plagte. Das Unbehagen nahm zu. Das altbekannte Gefühl, den Anforderungen nicht zu genügen, griff nach ihm. Statt die Bedrohung von sich fernzuhalten, lehnte er sich gegen die Mauer, die Arme um Serena gelegt, und starrte über ihre Schulter in den rasch dunkelnden Abend. Ihr Gewicht gegen ihn war nicht unangenehm, beinahe schon vertraut, und trotzdem hielt ihn die Angst in ihren Klauen, machte von ihrem Gewohnheitsrecht Gebrauch, das ihre Anwesenheit normal erscheinen ließ.

„Ja, jetzt geht es. Sie sind spitz genug. Sie sind wundervoll. Schade, dass du sie nie wirst sehen können ..." Simeon schenkte den Eckzähnen einen gehörig andächtigen Blick und der Zahnbesitzerin sein Lächeln. Sie fühlte Erleichterung aufsteigen, Erleichterung über die nahe Erlösung von ihren Qualen, Erleichterung über sein Lächeln, das erste seit dem vorigen Abend. Sein Unbehagen, das Zögern und die Angst, die offensichtliche Ratlosigkeit ließen sie oft an ihren Chancen zweifeln. Würde dieses gebrannte Kind wieder ins Feuer greifen oder waren ihre Bemühungen umsonst? Wenn er sie anlächelte, hatte sie das Gefühl, auf dem richtigen Weg zu sein. Sie lächelte dankbar zurück und wollte wissen: „Und was passiert jetzt?" „Jetzt", gab er Auskunft, immer noch erfrischend selbstvergessen und entspannt, „ziehst du dieses Ding hier über." Sie nahm die Kutte aus dickem Wollstoff, die er schon öfters in ihrer Gegenwart getragen hatte, war überrascht von ihrem Gewicht. Beinahe erdrückend schwer lastete sie auf ihr. „Setz dich in den Lehnstuhl", ordnete er an. Sie gehorchte, beeindruckt von dem Ernst seiner

Miene. „Sitz ganz gerade, schau nach vorne", fuhr er fort. Sie gehorchte. Er verschwand im Nebenzimmer, kehrte mit einer kleinen Schatulle zurück, kniete vor ihrem Sessel nieder und öffnete sie. Konzentriert starrte er auf den Inhalt, nahm ihn Stück für Stück heraus. Schwere Ketten aus Jade und Gold, Edelsteinen und buntem Glas, Perlen und feinen Silbergespinsten kamen zum Vorschein. Er legte sie Serena um den Hals, schmückte ihre Hände mit zahllosen Ringen, reihte Armbänder und Armreifen an ihren Unterarmen auf. Perlenstränge flocht er in ihr Haar, das Gewicht auf ihr nahm zu. Sie bekam das unheimliche Gefühl, dass sie all der alte Schmuck und der Mantel erdrückten. Aus dem Augenwinkel (nur nach vorne schauen!) verfolgte sie jede seiner Bewegungen. Er holte eine Schale aus der Küche, in der sich eine seltsam riechende Brühe befand. Er fischte einige Blätter aus dem Brei, hielt sie hoch. „Im Schutz der Blätter sollst du leben", sprach er und reichte sie ihr. Sie nahm sie in Empfang, steckte sie in den Mund. Sie schmeckten zunächst betäubend süß, dann allerdings abstoßend bitter. „Die Blüte des Lebens sollst du sein, im Schatten vor dem brennenden Licht bewahrt", fuhr er fort und reichte ihr ein paar tropfende Blüten. Die Blüten waren noch bitterer. Ein fremdartiges Schwindelgefühl ergriff sie, das dunkle Zimmer kam ihr plötzlich taghell vor. Die Bücherwände schienen wellenförmig näherzukommen und zurückzuweichen. Stillsitzen wurde zur Qual, am liebsten hätte sie sich fallen gelassen, nach vorne, in Simeons Arme. Sie konzentrierte sich darauf, dem Gewicht standzuhalten, das auf ihr lastete. „Gleich den Früchten sollst du den harten Weg der Wandlung beenden, um in einer neuen Existenz zu erwachen", durchdrang Simeons Stimme die Nebel um sie. Die Beeren waren kaum bitter. Aus halb geschlossenen Augen sah sie zu ihm. Seine Augen sprachen auf einmal eine unmissverständliche Sprache. Wie hatte sie an ihm zweifeln können? Der aufrechte Sitz wurde noch qualvoller. „Trinke den Saft des Bittersüßen Nachtschattens, wie du die Intensität des Lebens im Blut trinken wirst", schloss Simeon und legte ihr die Schale an die Lippen. Sie trank, und mit jedem Schluck wurde die

Welt um sie heller, wurden Mantel und Schmuck erdrückender, wurde ihre Sehnsucht größer, zumindest für kurze Zeit in Simeons Armen alle Unbill der Welt draußen zu vergessen. Tapfer harrte sie aus, bis die Schale leer war. „Jetzt bist du eine von uns", hörte sie seine Stimme, da explodierte die Welt in Farbe, die Wände schwankten, der Luster raste auf sie zu, gleich darauf der Teppich. Bevor sie auf den dumpf leuchtenden, orientalischen Mustern zerschellte, fing sie etwas auf, hielt sie jemand fest, hob sie auf, trug sie durch die schwankende, unzuverlässige Welt, deren Puls sie plötzlich sehen musste, ließ sie auf eine Vielzahl weicher Kissen und Decken gleiten, wollte eindeutig sofort das Weite suchen. Sie hielt ihn nicht fest, erinnerte sich zu gut an die Angst in ihm, murmelte kaum hörbar: „Willst du nicht dableiben?" Sie spürte durch den Puls der Welt sein Zögern, dann war er an ihrer Seite, hielt sie im Arm, bewahrte sie davor, von der unheimlichen Welt um sie herum erdrückt und vereinnahmt zu werden. Von einer Welle der Intuition getragen, erklärte sie sehr bestimmt: „Es wird zu dunkel sein, um jemals wieder zu schlafen ..." Diese Äußerung schien er erheiternd zu finden, sein Lachen schüttelte ihn. Unsicher legte sie ihm eine Hand auf den Mund. „Still, lach mich nicht aus. Habe ich nicht recht?", fragte sie, sich ihrer Sache nicht mehr sicher. Er befreite sich von der Hand, unvermittelt wieder ernst. „Doch, du hast recht. Du hast sogar sehr recht. Doch manchmal schlafen wir sogar in der Nacht, trotz der Dunkelheit. Wenn wir erschöpft sind, weit gereist, tagsüber zu lange unterwegs waren ... Aber im Prinzip hast du recht." Sie starrte stumm an die Decke, dann fragte sie: „Prinzipien sind sehr wichtig für dich, nicht?" Er nickte, sie fühlte, wie er wieder unruhig wurde. Wenig später stand er auf. Sie hätte sich am liebsten die Zunge abgebissen. Diese taktlose Bemerkung war nicht nötig gewesen. Sie spürte seinen Unmut, seine Unentschlossenheit, als er sich in der Türe zu ihr umdrehte. „Morgen kommt der zweite Trauzeuge mit deinem Hochzeitskleid." Nach dieser Mitteilung ging er, ließ sie allein zurück. „Man kann nicht ein Einzelereignis zum Prinzip erklären, das ist nicht seriös ...", murmelte sie in sich hinein und kaute an ihrem schon erheblich malträtierten Daumennagel, der ähnliche Stimmungslagen meistens auszubaden hatte. Der Augenblick atemloser Stille wurde zur Ewigkeit, als das frisch getraute Paar aus der düsteren Kirche ins pralle Sonnenlicht trat, zu beiden Seiten flankiert von den Trauzeugen und den wolfsähnlichen Hunden, die wie Statuen vor dem Tor auf diesen Moment gewartet hatten. Die Trauzeugen sahen aus wie eineiige Zwillinge und waren angeblich die besten Freunde des geheimnisvollen Bräutigams. Dieser rückte im Angesicht der spätnachmittäglichen Sonne die große Sonnenbrille zurecht, sein linker Mundwinkel zuckte in unmissverständlichem Widerwillen. Er hob eine behandschuhte Hand, schirmte mit ihr und dem Unterarm das Sonnenlicht von seinem schmalen, bleichen Gesicht ab. Sein Haar leuchtete in unwirklichem Hellblond. Die Braut war durch zahllose, dünne Schleier vor der Sonne und den Blicken der Neugierigen verborgen. Diese Schleier reichten bis zu einer schmalen Taille, die über dem weit gebauschten, bodenlangen Krinolinenrock unirdisch zart wirkte. Ihre Unterarme und Hände waren in weiße Handschuhe gehüllt, die Ärmel des Kleids verschwanden darunter. Der goldene Ring strahlte außen auf dem Handschuh. Es war die klassische Situation, die Stimme des Märchenerzählers hätte im Hintergrund verkündet: "Sie hielten weiße Hochzeit und lebten in immerwährender Freude und ewigem Glück." Die blassen, durch die Sonnenbrillen ausdruckslosen Mienen der zwei fremden Trauzeugen störten das idyllische Bild, ebenso das missmutige Zucken im Mundwinkel des Bräutigams. Auch die Eile störte, mit der die vier die Treppe hinunterliefen, an den Brauteltern und allen Verwandten vorbei, voran einer der Trauzeugen, der jetzt lachte, dahinter der Bräutigam, der sein frisch angetrautes Eheweib am Arm hinter sich herzerrte, zum Schluss der zweite Trauzeuge. Bevor einer der Verwandten Serenas ein Foto schießen konnte, das die Erinnerung an das romantische Paar festgehalten hätte, waren sie in die dunkle Limousine gestiegen, ein Winken der Hand der Braut, dann schloss sich das getönte Fenster, und das Auto fuhr davon.

Der Priester sah dem Auto nach und schüttelte den Kopf, eilte zum betreten und verloren im Kreise der Verwandtschaft stehenden Bürgermeister und dessen Gattin. „Herr Doktor Anton, ich wollte Sie etwas fragen", begann er vorsichtig. „Wenn Sie vielleicht einen Augenblick erübrigen könnten?" Der Bürgermeister konnte, und so zog sich der Priester mit dem Ehepaar in den Eingang der Kirche zurück, wo niemand Unbefugter lauschen konnte. „Als wir die Zeremonie probten, hatte der Bräutigam eine sehr eigenartige Frage …", leitete er ein. Der Bürgermeister hob fragend die Augenbrauen – alles an Simeon Amon kam ihm eigenartig vor. Doch seine Frau fragte sofort: „Was denn für eine Frage?" Der Priester sah sich um, lehnte sich vertraulich vor und offenbarte: „Er wollte wissen, ob es unbedingt nötig wäre, die junge Braut zu küssen." Serenas Mutter hob bestürzt eine Hand an ihr Dekolletee: „Und, was sagte Serena dazu?" Der Priester schüttelte abermals den Kopf. „Sie hat in keiner Weise darauf reagiert. Wissen Sie auch nicht, was die Ursache sein könnte?" Die Eltern verneinten dies, und so stand man sich in ratlosem Schweigen gegenüber, dem unheimlichen – aber doch sicher unbegründeten – Gefühl ausgeliefert, Serena nie wieder zu Gesicht zu bekommen.

Einer der Trauzeugen zog in der nächsten Woche in das einsame Haus von Simeon Amon, leugnete jedes Wissen um den Verbleib des jungen Paares und war in der Stadt fast nie gesehen.

EPILOG

Das Sonnenlicht fiel schräg durch die Spalten der Fensterläden, malte Zebramuster an die Wände. Vögel sangen, die Obstbäume im Garten blühten in rosa und weißer Pracht. „Es wird Ihnen hier sicher gefallen", beteuerte der Makler. „Eine stille Gegend, eine Stunde bis zum Zentrum ... aber die ganze Nacht gut zu erreichen. Und das Haus ist gerade das Richtige für zwei Leute, klein, gemütlich ... vielleicht eine Spur altmodisch, aber Stromleitungen sind ja schnell gelegt, und deswegen ist es ja auch so günstig ... Ein Schnäppchen!" Er sah von der jungen Frau zu ihrem Bruder wieder zu ihr zurück. Sie hatten das gleiche helle Haar, die gleiche helle Haut, die gleiche Art zu lächeln, nur die Mundwinkel ein wenig nach oben zu ziehen ... „Und der Garten ist ideal für die Hunde. Und der Wald ist nahe ...", schloss er. „Ja, wir nehmen es. Wir sind dankbar, so schnell etwas Geeignetes zu finden, und Sie haben recht, es ist wirklich sehr günstig", sagte er, und seine Schwester nickte zustimmend. „Dann sehen wir uns später. Sie können mich jederzeit anrufen, wenn es mit irgendetwas Schwierigkeiten geben sollte ...", sagte der Makler und geleitete sie den Weg aus Steinplatten entlang zum Gartentor. „Ich wünsche Ihnen und Ihrer Schwester alles Gute hier!" Sie nickten und antworteten mit einer Höflichkeitsfloskel, sahen ihm nicht nach, machten sich auf den Weg, begierig, den Kauf schnellstmöglich abzuschließen.

Es war kühl im kleinen, einfachen Vorzimmer. Simeon nahm die Sonnenbrille ab, warf sie mit den Handschuhen auf eine alte, schäbige Kommode. „Ein kleines, altes Haus mit Fensterläden, Garten, Waldesnähe. Mit Dachboden, Keller, einem bewohnbaren Stockwerk. Nahe bei einer großen Stadt. Es hat auf uns gewartet. Wir haben Zeit, Serena, viel Zeit. Willst du nicht endlich wieder mit mir sprechen? Seit diesem gottverdammten Tag habe ich kein Wort von dir gehört, außer du sprichst mit wem anderen", sagte er. Serena schwieg. „Serena, bitte! Wo ist nur deine Geduld geblieben? Kannst du mich denn nicht verstehen?", flehte er, doch der schwelende Zorn glomm in seinen Augen auf. Serena schwieg. „Ich dachte, du würdest es zumindest ein bisschen verstehen", sagte er. „So kann man sich täuschen." Serena schwieg. Sie spürte die Enttäuschung in ihm, wartete ab. Es gab jetzt zwei Möglichkeiten, und wenn der blinde Zorn in ihm siegte, hatte sie verloren. Sie beobachtete mit wachsender Sorge, wie er stumm mit sich rang, die Hände zu Fäusten geballt, die Zähne gebleckt. Die Anspannung ließ unvermittelt nach, er lehnte sich gegen die Kommode, starrte auf den Boden. Serena seufzte beinahe erleichtert auf. Es sah gut aus für sie. Er hob den Kopf, sah sie ernst und traurig an: „Ich brauche aber Zeit, Serena, und ich brauche, dass du Zeit hast." Serena schwieg. Sie war nicht gewillt, „Warten auf Godot" zu spielen, ohne jeden Fortschritt. „Quäl mich doch nicht! Sag wenigstens, was du willst!", fuhr er sie an. Serena schwieg. Sie lächelte ein wenig mitleidig, denn er wusste genau, was sie wollte. Es war nichts Unmögliches, nichts, was er nicht schon von sich aus gemacht hatte. Es musste ein Anfang gesetzt werden, denn ohne Anfang würde sie die Hoffnung aufgeben.

Simeon wusste, dass er eine Chance hatte, die nie wiederkommen würde, nicht in dieser Form, und an der lag ihm einiges. Er wusste nicht, wie die Frist gesetzt war, wahrscheinlich wusste Serena das selbst nicht. Es machte ihn nervös, keinen Rahmen zu haben, keine Planungsmöglichkeit. Angst vor Verlust rang mit Angst vor Nähe. Er schüttelte den Kopf, fuhr sich durch die Haare. „Gut. Gut, du hast gewonnen. Such in dieser Bruchbude einen halbwegs bequemen Ort, ich hole eine Flasche Wein. Zum Feiern. Und ich glaube, ich brauche die", sagte er. „Aber nicht zu viel Wein. Nur so viel, dass du nicht doch noch kneifst", mahnte Serena und gestattete nun ihrem Lächeln, die wilde Freude über seine Überwindung der alten Angst zu zeigen. Er drehte sich in der Kellertüre um. Der Keller roch feucht, nach Ratten, ein paar Flaschen Wein standen schon dort unten, schimmerten im Finstern … Serenas strahlendes Lächeln wirkte auf ihn plötzlich einladend. „Nein, nicht zu viel. Oder glaubst du, ich werde mich mit einer halben Flasche bis zur Bewusstlosigkeit betrinken?", fragte er und eilte die Stufen hinunter. Eigentlich wollte er überhaupt keinen Wein, doch kam ihm die Verzögerung des Kommenden gelegen. Eigentlich wollte er seine Chance nicht ungenützt vorüberziehen lassen. Eigentlich wollte er alles daransetzen, Serena nicht zu verlieren. Eigentlich.

… und wenn sie nicht gestorben sind, so leben sie noch heute …

Beschreibung der Pflanze zitiert aus dem Buch:
Giftpflanzen
Von Prof. Dr. Karl Hiller, Günter Bickerich
Ferdinand Enke Verlag Stuttgart 1988
ISBN 3-432-97131-1
© 1988 Urania-Verlag Leipzig. Jena. Berlin,
DDR-7010 Leipzig, Salomostr. 26/28
Lizenzausgabe für den Ferdinand Enke Verlag Stuttgart

Die Autorin

Die 1973 geborene Zombie A. Hamadryad wohnt in Wien, jedoch nach eigener Aussage „mehr unter Bäumen und Tieren als unter Menschen". Nach der Matura schnupperte sie einige Jahre ins Veterinärstudium, danach hängte sie drei Jahre Psychologie an. Schließlich arbeitete sie im Zoofachhandel. Schon seit ihrer Kindheit hat sie die wildesten Ideen und Fantasien in ihrem Kopfkino, aber erst jetzt, nach 30 Jahren des Schreibens für sich und interessierte Freunde, fasste sie den Entschluss, ihr Werk auch zu veröffentlichen. Zombie Hamadryad ist nicht verheiratet und lebt in Wien. Besonders verbunden fühlt sich die Autorin der Natur und Tieren.

novum VERLAG FÜR NEUAUTOREN

Der Verlag

> *Wer aufhört
> besser zu werden,
> hat aufgehört
> gut zu sein!*

Basierend auf diesem Motto ist es dem novum Verlag ein Anliegen neue Manuskripte aufzuspüren, zu veröffentlichen und deren Autoren langfristig zu fördern. Mittlerweile gilt der 1997 gegründete und mehrfach prämierte Verlag als Spezialist für Neuautoren in Deutschland, Österreich und der Schweiz.

Für jedes neue Manuskript wird innerhalb weniger Wochen eine kostenfreie, unverbindliche Lektorats-Prüfung erstellt.

Weitere Informationen zum Verlag und seinen Büchern finden Sie im Internet unter:

w w w . n o v u m v e r l a g . c o m